Sonya
ソーニャ文庫

蜘蛛(くも)の見る夢

丸木文華

イースト・プレス

contents

あなたは美しい蝶（ちょう）。
そして私は醜（みにく）い蜘蛛（くも）。
華（はな）やかに飛んでゆくあなたを、私はただ眺めることしかできない。
でも、一度あなたを抱き締めれば、決して離しはしない。
どうか信じて。私はあなたを食べたりしないから。
だって、あなたは私が醜い蜘蛛だと気づかずに、
ここが私の血族が築いた巣なのだと知らずに、
私の糸に絡まって安らかに眠る、愛おしくも美しい、愚かな蝶なのだから。

プロローグ

なんて退屈なんだろう。

このままどうにか内定を貰(もら)って、大学を卒業して、どこかの企業に就職して、結婚して、歳をとっていくんだろうか。月並みな未来のことを考えていると、あっという間に心に皺(しわ)ができていく気がする。

真柴尚子(ましばなおこ)は中岡(なかおか)大学の最寄り駅構内にあるカフェで新作のフラペチーノを飲みながら、いつも通りどうでもいいことをぼんやりと考えていた。尚子には暇(ひま)さえあればこれからの将来のことを考えてため息をつくような、つまらない癖(くせ)がある。

隣の席に座っている女子高生が指を器用に動かしながら携帯を操作しているのが、やたら気になった。その長い爪にはびっしりとストーンがついていて重たげだ。それが何かに似ているように思えて、尚子は少し考え込む。

（あ、そうだ。葉っぱの裏に産みつけられた虫の卵）

幼い頃、庭木の葉を何気なく捲ってみれば、ぞっとするほど整然と並んだその小さな卵の光景に、自然の神秘を感じて思わず見入ったことがある。誰かに教わったわけでもないのに、どうしてこんなに綺麗に規則正しく並べることができるのだろう。小さな虫たちの作り出すふしぎな世界に、子ども心に感心したものだ。

爪同様に隣の女子高生は何もかもをたっぷり敷き詰めないと満足できない質らしい。グロスは周りの景色が映りそうなくらい分厚く載せてあるし、大げさなくらい重ねてつけた付け睫毛は瞬きする度にバサバサと音を立てそうだ。皮膚が呼吸できなくなりそうであまりきちんと化粧のできない尚子は、その貪欲な飾り立て具合に思わず注目してしまう。あんな脂の塊みたいなものを顔中に塗りたくって、どうして皆平気なのだろう。日焼け止めすら使った側からすぐに落としたくなってしまう尚子は、世の女性たちが息をするようにいとも容易く化粧をするのが信じられなかった。

隣の子も元々整った顔立ちをしていそうなのに、何が不満でそんなに色々重ねているのだろう。尚子は自分が美しくないことを知っていた。一重で鼻も口も小さい、地味な顔。小学校の頃は男子にコケシだの地蔵だのと呼ばれていた。それでもアイプチも化粧もしようとしないのは、どうせ何をしても変わらないと諦めているからだった。もしも美人に生まれ変われるのなら喜んでするかもしれないが、落としてしまえばまた元の自分の顔に戻るだけではないか。そんなことに意味があるのか尚子にはわからない。整形はお金がかかるし面倒だった。つまり、尚子はあまり自分自身に興味がなかった。

店内はそこそこ混んでいるのに、女子高生が自分の隣の席にドスンとバッグを置いているのは、誰かを待っているからなんだろうか。可愛い顔をしているのに、ストローを吸う音に遠慮がない。他人の飲食する音が苦手な尚子は、バッグからイヤホンを取り出して、昨夜ダウンロードした新曲を聴き始める。友達に「尚子も絶対ハマるから！」なんて薦められて買ってみたけれど、淡々とした歌詞にカラオケで歌いやすそうなメロディは一日経てば忘れてしまいそうだった。

平凡な毎日。平凡な未来。人並みに学生生活を送ってきて、人並みに彼氏なんかもいて、人並みに――いや、ちょっとばかり人よりも困難な就職活動に追われていて、人並みに季節限定のメニューがあればそれに飛びついてしまうような、特筆すべきところもない人間の自分――なんて言えば、「いや、尚子はその髪が普通じゃないだろ。今時、そんなに長く伸ばしてる子なんていないよ」と同じ大学の同学年の恋人、逢沢良樹は言うのだけれど、この髪だって別にこだわりがあって伸ばしているわけじゃない。誰かにそう言われたから、腰まである長さをキープして、そこそこ頑張（がんば）ってケアをしているくらいなのだ。

　良樹は普段よく尚子の黒髪をひとふさ指に巻き付けて、口づけをしたり頬に当てたりして遊んでいる。尚子自身ではなく、この髪に恋をしているのではと思うほどだ。

　普通はここまでの量と長さを保つことは難しいらしい。すごく綺麗な髪だね、とよく言われる。平安時代なら絶世の美女だったかもしれないとよく思う。生まれる時代を間違えたのだ。

（そういえば、誰に言われて伸ばしてるんだっけ）

　どうでもいいことなので、忘れてしまった。ジメジメとした暑い夏にはバッサリと切ってしまいたい衝動（しょうどう）に駆られるけれど、短くしたらしたでセットが大変そうだし、ともう何年もこの長さのままだ。

　とにかく今は早く内定を貰って、一刻も早く楽になりたい。もう大学四年の夏なのにまだ決まっていない人なんて、周りにはあまりいない。すでに二十社以上は受けているのに、一体自分の何がいけないんだろうか。頭？　顔？　やる気？　確かに頭は平凡だし、顔も華のないつまらない顔立ちだし、やる気だってない。深く考え込めばどこまでも沈んでいきそうで、尚子は自然と意識をそこから切り離した。

　隣の女子高生に待ち人が来たようで、イヤホンをしていてもよく聞こえるかしましい声が響き始める。横目でちらりと見てみれば、制服の白いシャツを肩までタンクトップのように捲り上げ、よく日に焼けた女子高生が白い歯を見せて豪快に笑っている。部活帰りなのか、デオドラントと汗のにおいが混じって気持ち悪い。

尚子は自分が女子高生だったときのことを思い出すが、彼女たちとはかなり違っていた。ゴテゴテ自分を飾り立てもしなかったし、部活に打ち込んでもいない、カラオケとバイトに夢中な帰宅部だった。ただ共通していそうなのは、何もかもが楽しくて、自分が世界の中心だと思っていたことだろうか。適当に生きていれば何でも望み通りになると思っていた。実際、周りは皆優しかったし何もかも容易かった。女子高生というだけで持ち上げられたし、制服を着ているだけで特別扱いされた。もちろん、嫌な意味でも注目される身分だったけれど、自らそういった場所へ出かけなければ別段ひどい被害はなかった。

それなのに、今は社会から「お前なんかいらない」と拒絶され続けている。このままこの状態が続けば、学生という立場も失った来年には、自分は何者でもなくなってしまう。そのことがいちばん恐ろしい。

隣の女子高生たちも、そんな壁にぶち当たる時期が必ずやって来る。可愛いだけじゃ、若いだけじゃただの横並びの一員だ。皆が同じようなスーツを着てヘアメイクをして無個性になって、面接官の前に立ったときにどうするのか。そのときにはキラキラの爪もバサバサの睫毛も役に立たない。隣の彼女からそれらを剝ぎ取ったら何が残るんだろう。もちろん、そんな経験もせずに結婚して、あっという間に母親になってしまう可能性だって十分にあるのだけれど。

良樹も「もし就職できなかったらさ。とりあえず、俺たち結婚しちゃおうよ。俺、尚子のこと養ってやるから」なんてフェミニストの友達が激怒しそうな台詞を言うけれど、既婚の方が独身よりも雇ってもらえる確率が減る気がする。どうなんだろうか。

それを抜きにしても結婚はまだあまり考えられない。良樹とは大恋愛をしているわけじゃなくて、ただ告白されたから付き合っているだけだし、まだキス止まりの関係だ。それなのに結婚なんて言い出すのがおかしくて笑ったら、ムッとした顔をされた。良樹は子どもだ。でも、キスの先に進むことに無視できない嫌悪感がある自分は、もっと子どもなのかもしれない。

キスをすること自体が嫌なわけじゃなかった。でも、一人暮らしのアパートに戻って一息ついたとき、どこからともなく罪悪感がふつふつと湧いてきて、どうしようもなく自分が嫌になってしまうのだ。誰に対して罪悪感なんかを抱いているのかわからないけれど、それはどうしようもない生理的嫌悪感に似ていた。良樹のことは好きなはずなのに。

時々キスをするようになっても、舌を入れられても、気持ちいいなんて思ったこともない。その日の昼にＤＶＤで見たホラー映画で、化け物が女優の口の中に触手を突っ込む場面を思い出したくらい、気味の悪い感触。ナメクジが口の中を這い回っているような、嫌な感じ。どうしてこんなことがしたいの、と聞きたいけれど、世の中の恋人たちは当然していることなのだから、聞けるはずもない。

一回やっちゃえば簡単だよ、などと言う友人もいる。実際やってみたら大したことないんだよ。尚子は知らないから怖がってるだけ。そんな風に言われても、したくないからできないのだ。化粧と同じ。皆がしていることなのに、尚子にはしたいと思えない。

良樹とは、ずっと一緒にいたいと思ってる。世間でいうときめきなんかなくても、一緒にいると楽だから。でも、キスの意味も見いだせず、肉体関係を持つことに躊躇があるのは、やっぱり自分が精神的に未発達で未成熟な子どもだからなのだと思う――それなのに、来年から社会人になるなんて信じられなかった。

バリバリのキャリアになりたいわけでもないけれど、社会人として、何かの役に立ってみたい気持ちは確かにある。今、まだまだ気分は学生だ。現役大学生なのだから当然かもしれないけれど、この浮ついた感覚が会社に入ってどう変わるのかを感じてみたい。こんな興味本位だから、まだどこからも内定を貰えないのかもしれない。

（大学を出て、社会人になったからって、いきなり大人になれるものなの？）

きっとそんな魔法みたいなことはあり得ないと思う。色々な経験をしていくうちに、何の責任もなかった学生気分から抜け出せるのだろうか。そうしたら子どもだった自分は変われるのか。良樹とのことにも、きちんと向き合えるのだろうか。

そんなことを考えていたら、良樹本人から連絡が来た。どうやらバイトが長引いてしまい、来るのが遅れるらしい。どうせ他のバイトの子に仕事を押し付けられたに決まってる。良樹は真面目過ぎて要領が悪いのだ。

（それじゃ、本屋行って時間潰してよ）

尚子は飲みかけのフラペチーノを持って立ち上がる。季節限定のチーズケーキ味は予想よりも甘ったるくてあまり好みじゃなかった。それでも捨ててしまうのはもったいないような気がして、歩きながら飲み干すことにする。

カフェから外へ出ると、コンコースに群れている人の熱気がむわっと襲いかかってきた。一気に粘ついた汗が噴き出すような感覚に、尚子は辟易する。夏の間の大嫌いなこの温度差。汗が急に噴き出したり、いきなり冷やされたりするのにはいつまで経っても慣れない。

携帯で適当にいくつかのＳＮＳを眺めながら駅ビルを出て、大きな交差点の前で赤信号で立ち止まる。街路樹の根元に置き去りにされたゴミ袋に蠅がたかっていた。夏の街はいつもどこかで腐った臭いがしている。尚子は昨夜作った中華スープが一晩でだめになってしまったことを思い出して、うんざりした。

　この辺りは駅前は栄えているけれど、少し離れればすぐに田舎になってしまう。もっとも、都会がさほど好きでもない尚子にとっては多少不便ながらも緑の多い学び舎が気に入っていて、良樹との待ち合わせでもなければ駅周辺に長居することはあまりない。

　十一月が誕生日の尚子はまだ二十一だ。二十二歳になる頃には、四月から働く会社も決まっているんだろうか。

　両親は基本的に放任主義でさほど気にしている様子もないけれど、遠方で働く兄は妹の将来が心配なようで、ここ最近は連絡を絶やさない。それがますますプレッシャーになっていて、追い詰められるような気分だ。

　一人でいても、誰かといても、頭の中は就活のことばかり。それとちょっと良樹のこと。でもそれだけ。本当に退屈な毎日。

　けれど、きっと就職したらしたで、学生の頃の生活を懐かしく思い出すのだろう。あの頃がいちばんよかった、なんて思ったりして、戻りたいと願うのだ。そんなことは簡単に想像できた。尚子はいつでも未来に期待し過ぎて失望する。中学生の頃は高校生に夢を見ていたし、高校生の頃は大学生に憧れていた。自分が経験したことのない環境には、何か素晴らしいものがあるに違いないと思い込んでしまうのは、尚子の悪い癖だ。それでいつも必要以上に落胆してしまうのだから、自業自得なのだった。

信号が青に変わった。尚子は長いポニーテールを揺らして歩き始める。飲みかけのフラペチーノはあまり減っていない。本屋に辿り着く前に飲みきれるだろうか。

マフラーを外したバイクの耳障りな音が急速に近づいてくる。うるせえなあ、と後ろのサラリーマンが呟いている。本当にうるさい。何でそんなに自己主張するのよ、面倒くさい——そんなことを思っていたら。

向かいの道路から飛び出してきたバイクが、こちらに向かって左折した。

あっと思った瞬間には、もう空が見えた。

すぐに頭に衝撃が走って、尚子の目には何も映らなくなった。

——もしかして、私死んじゃった？

尚子は自分の魂が体から抜け出て天高く舞い上がり、成層圏を飛び越えて宇宙まで行く絵を思い描いた。天国とやらはどこにあるのだろう。地獄に行くほど悪いことをした覚えもないので、できれば楽な方に向かいたい。こんなことを考える頭があるのだから、きっと死んではいないのだろう。それでも、今自分がどうなっているのかわからない。

それにしたって、こんな目にあうのなら、就活なんか放って遊び回っていればよかった。最後の思い出がこんな退屈な毎日だなんてあんまりだ。

真柴尚子の平凡な人生は、バイク事故によって突然終わってしまった。
意識が途切れる直前に尚子が思い浮かべたのは、カフェの女子高生の、あの長い爪。
規則正しく並ぶ虫の卵のように、数多の人間たちの中に埋もれる無個性な自分。
何の価値もないままに消えてゆく、まだ何者にもなっていない、小さな卵。

その平凡な日々の終わりは、尚子の新たな生活の始まりを、意味していた。

第一章　目覚め

　しとしとと柔らかな雨の音がする。

　なんて憂鬱な、嫌な音なんだろう、と尚子は思う。

　雨は昔から好きじゃなかった。湿っぽい水の香りが体中を取り巻いて、肌の奥まで染み込んでくるように感じる。腰まで伸びた黒髪がずっしりと重たくなる気がして、心までが青々とした水の底へ沈んでゆく。

　ふと、目が覚めた。目やにが睫毛にまとわりついて、瞼が上手く開けられない。何度か瞬きしてようやく目を見開くと、見慣れぬ天井が視界に映る。

　傍らの何かの機械から、規則正しい音が聞こえてくる。こんなにもはっきりとした音なのに、どうして雨の音しか聞こえなかったのだろう。

体を起こしてみようとしても、まるで力が入らない。自分の体ではないかのように自由が利かない。鉛でも入っているのかと思うほど鈍重で、全身に粘ついた餅が絡みついているようだ。

(私、事故のせいで動けなくなっちゃったのかな)

とすると、ここは病院だろうか。辛うじて少しだけ動く岩のように重い頭を僅かに傾けて部屋の様子を観察してみるが、どう見てもこの部屋は病院のようには見えない。

くすんだ青い色の壁、アーチ型の大きな窓、凝った装飾の照明に、大理石のマントルピース。どこか時代がかった洋館の一室のようで、この部屋の広さだけでも、尚子の暮らしていた小さなアパートくらいはありそうだ。

病室らしいものと言えば、傍らの心電計らしきものと、腕に繋がった点滴、口にかぶせられた酸素マスク。そしてベッドの横で居眠りをしている、恐らくは看護師の女性くらいのもの。

「あの……すみません」

声を出してみると、弱々しい老人のような掠れた音が喉から漏れる。まるでずっと声など出していなかったように、上手く喋れない。

「すみません……」

それでも必死で隣の女性に声をかける。ここがどこなのか、自分はどうなっているのか、彼女に訊ねればすぐにわかるはずだと思った。

蚊の鳴くような小さな声で呼びかけ続けると、ようやく女性は目を覚ます。そして寝ぼけ眼を擦りながら尚子を見た。

「あのう、ここはどこなんでしょうか」

尚子が問いかけると、女性は最初ぽかんとして口を開けたまま微動だにしなかった。だが、急に目を丸くして、文字通り椅子から飛び上がった。

一体何をそんなに驚いているのかと呆気にとられていると、女性は「あ、あ、先生、鷺坂先生！」と叫びながら、部屋から駆け出して行ってしまう。

尚子は開きっ放しの扉を眺めながら、呆然としていた。

（一体何なの？　あんなにびっくりした顔をして……）

そんなにも尚子が起きたことが驚嘆すべきことだったのだろうか。まるで、幽霊でも見たような顔をしていた。あり得ないことが起こってしまった、とでもいうような。

（もしかして私、昏睡状態とかいうやつだったのかな）

一体どのくらいの時間、尚子はこうして眠っていたのだろうか。意識が戻らないほどの重体だったのなら、相当に打ち所が悪かったのだろう。それなのに、どう見ても病院ではない部屋で寝かされているこの矛盾。考えれば考えるほど混乱してくる。

　尚子はゆっくりと記憶を反芻した。カフェのうるさい女子高生。恋人の良樹を待つために向かった本屋。飲みかけのフラペチーノがあまり美味しくなかったなんてつまらないことまで鮮明に覚えている。別に本屋も、絶対に行かなければならない場所ではなかった。何となく決めた暇つぶしの目的地だったのだ。けれど、そこへ向かおうと思い立ったことが、運命の分かれ道だったらしい。本屋へ到着する前にバイクに撥ねられて、そこから尚子の意識はぷつりと途切れている。最後に頭に浮かんでいたのは、綺麗に並んだ虫の卵のことだった。

（そうだ……就活……私、どのくらいで元気になれるんだろう）

　もう大学四年の夏なのに、これからリハビリか何かをして復学したとして、間に合うのだろうか。他にも、色々なことを心配し始めればきりがない。

（良樹……どうしてるのかな。私が事故にあったの、もしかして自分のせいだなんて思ったりしてないかな。父さんも、母さんも、お兄ちゃんも……絶対に私のせいで心配かけてる。皆、どうしてるんだろう。今、あれからどのくらい経ってるんだろう）

　そのうちに、部屋の外は蜂の巣をつついたような騒ぎになり始める。バタバタと何人かの人間が部屋に駆け込んできて、その内の一人は初老の男性で、どうやら医師のようである。

「真柴尚子さん。私がわかりますか」

尚子は僅かに首を横に振る。この医師とは初対面のはずだ。

尚子の答えに医師は難しい顔になる。そのまま尚子の体を調べながら、「自分の名前はわかりますか」「ここがどこだかわかりますか」などと質問を繰り返す。

尚子が答えられたのは、自分の名前と、そして大学四年生であることと、住んでいた場所だ。ここがどこなのか、そして何の仕事をしているのか——尚子は学生のはずでまだ就職もしていないのに、そんなことを訊ねるのは妙だと思いながらも、知らないものは知らないとしか答えられなかった。

ふいに、周りにいたメイドらしき女性たちがざわめく。その騒々しさを掻き分けるようにして、一人の青年がゆっくりとした足取りで尚子の寝ている部屋に入ってきた。

「ようやく起きたか」

低いなめらかな声は、まるでモーゼが海を割るようにかしましい女たちの声を脇へ追いやってしまう。彼に近づくのを恐れるように医師以外の誰も声を潜め、足音もなく後退しながら頭を下げたのだ。

けれど、そんなまるで舞台でも見ているかのような光景よりも、尚子はその青年の容貌に釘付けになってしまった。

（なんて、綺麗な人……）

尚子の顔を覗き込んできた青年は、精巧に作られた人形のように整った顔をしている。尚子はこんな美しい人間に今まで一度も会ったことがなかった。その顔を見た瞬間、背筋に寒気を覚えるほどの衝撃が走った。顔を見ただけでこれほどショックを受けたのは初めてのことだ。

目鼻立ちが繊細で長い睫毛の影を落とす目元には憂いがあり、どこか女性的な、蒼い月夜を思わせる静かな美貌だ。髪は淡い色味で、少し長い前髪を横分けにして流している。背丈は隣にいる老医師に比べればよほど高いが、体つきがすんなりしているので大柄に見えないのがふしぎである。

芸能人みたい、と思うけれど、テレビに映る人種のようにも見えない。なぜかというと、表情がほとんどないのだ。動かない。目がひどく冷たくて、まるで尚子を憎んでいるようにすら思える。

（綺麗だけど、怖い……この人、一体何なんだろう）

しかし青年の目を瞠るような容貌もさることながら、奇異に思わざるを得ないのはその服装だった。

青年は真っ赤な着物を着ていたのだ。牡丹や撫子、藤などの艶やかな花々がふんだんに

描かれた百花繚乱の豪奢な友禅である。目の肥えていない尚子でも、それが目の玉の飛び出るような価額であることくらいは想像がつく。

そしてその着物は、どう見ても女物としか見えない。帯こそ腰の位置で男の締め方をしているものの、青年は女の着る着物をその身にまとっているのである。それが青年の妙なる姿を妖しい魅惑で包み込み、ますますその存在をこの世のものでないような、ふしぎな生き人形のように見せるのだった。

「どうした、尚子。そんな驚いた顔をして」

青年は尚子に違和感を覚えた様子で、美しい眉をひそめる。

「まさか、主人の顔を忘れてしまったんじゃないだろうな」

(主人……? 誰が、誰の?)

名前を呼び捨てにしているのは親しい間柄のように思えるが、尚子はこの青年と会ったことはない。一度見れば忘れるはずのない容貌だし、それにこの奇妙な出で立ちである。まるで、夢でも見ているような心持ちがする。

「若様。どうやら、尚子さんには記憶に障害が出ているようで……」

「障害? どういうことだ」

「精密検査をしてみなければ原因はわかりませんが、体に何の問題もなかった場合も、事故のショックや精神の影響で記憶が失われることもあるのです。この先戻る可能性もありますが、はっきりとは……」

傍らの医師が青年に囁く。すると彼はしばらく黙り込んでいたが、やがて得心したのか、「なるほどな」と頷いた。

「俺のことも覚えていないというんだな」

尚子は小さく頷く。覚えていない、というよりも、そもそも初対面のはずなのだが。

それにしても、彼の態度は威圧的で尚子を見下ろす眼差しも氷のように冷たい。一体、自分とこの青年とはどういった関係だったのだろう。

「自分が何をやっていたのかも、わからないのか」

「私は……大学に通っていました」

「大学？」

「来年、卒業する予定で、まだ就活の最中で……」

青年はふっとおかしそうに笑う。

「そんなもの、お前はとっくに卒業している。就職活動などした経験もないはずだ。お前がうちの会社に就職することは初めから決まっていたんだからな」

思ってもみなかったことを口にされて、尚子はぽかんとしてしまう。一体この青年は、誰のことを話しているのか。

（とっくに、卒業してるって……どういうこと？　そんなはずない。私は就活に疲れて退屈な毎日を送っていて……それなのに、就活したはずもないって……）

まったく理解が追いつかない。尚子の記憶と、彼の語っていることはまるで違っている。ふざけているとしか思えなかった。尚子をからかって楽しんでいるのではないか。けれど、この重苦しい、妙にじめじめとしたような、それでいて緊迫した空気は、冗談とかそんな雰囲気ではなさそうだ。

もしかしたら、これは夢なんじゃないのか。そう思ったとき、青年はまるで尚子の頭の中を読み取ったかのように語り始める。

「どうやらお前は長い夢を見ていたようだ。事故で一年間眠り続けていたのだから、無理もない」

（い……一年間……!?）

尚子は愕然（がくぜん）とした。それはあまりにも衝撃的な言葉だった。

自分は一年間、意識のない状態だったというのか。それはもしかすると、植物状態、というものではないのか。

（それであの人、あんなに驚いていたんだ……）

　最初に声をかけた女性が飛び上がって驚いて、部屋の外へ人を呼びに行ってしまったのは、尚子が長い眠りから覚めたからだったのだ。そんなに長い間寝たきりだったのだから、体がほとんど動かせないのも納得がいく。筋肉など衰えてなくなってしまっているのだろう。

　尚子の混乱をよそに、青年は冷めた声で告げる。

「今までの記憶が一切ないようだから、教えてやろう。お前は、生まれたときからこの屋敷に仕えている。主人はこの俺、宝来皓紀（ほうらいこうき）だ」

――宝来、皓紀。

　その名は、尚子の頭の片隅の何かを揺さぶった。しかし、明確な記憶は何もない。

(私は……この人に、仕えていた……?)

　生まれたときからとは、どういう意味なのか。仕えるとは、会社の上司と部下という立場のことだろうか。いや、その場合、仕えているなどとは言わないだろう。その言葉から感じるのは、主従関係だ。まるで、殿様と女中（じょちゅう）のような。

　けれどそんなことが現代の日本であり得るのだろうか。戦後華族制度は消滅し、全国民は平等となったはず。いや、そもそも、ここは日本なのだろうか。喋っているのは紛れもなく日本語だが、これだけすべてが違っていれば、異国という可能性もあるのではないか。

様々な疑問に頭を掻き乱され、困惑している尚子に、宝来皓紀と名乗る青年は微かに笑いかける。それは哀れみでもなく侮蔑でもなく、まさに仕えている者に投げかける労いのような──まるで、『許し』のような微笑だった。

「お前がこれまでのことを忘れていようが、夢で見た偽りの記憶を信じていようが、構わない。俺がお前の主人だ。このことだけは覚えておけ。いいな」

皓紀はそう言い捨て、さっさと部屋を出て行った。

青年が去るのと同時に、老医師は病院の手配をするためか、携帯に事務的な口調で話しかけている。メイドらしき女性たちは慌ただしく動き出し、尚子は自分がどこかへ運び出されるのだと悟った。

（私は、これからどうなるの……？）

急速に、すべてが動き出してゆく。尚子の記憶だけを置き去りにして。

一年間の眠り。記憶にないこれまでの人生。

けれど、どうやら真柴尚子という名前だけは、尚子の記憶と一致しているらしい。その他は、あまりに何もかもが違っている。

（私の記憶は何なの？　今まで見ていたことが夢だったの？　それとも、今見ているものが夢なの？）

医師はメイドたちに指示をし終えると、呆然としている尚子の側へやって来て、安心させるように柔らかに微笑みかける。

「尚子さん。心配ない。あなたは今少し混乱しているだけだから。長い間眠っていたのだから仕方がないよ。当然のことだ。じきに何もかもが元通りになるからね」

じきに何もかもが、元通りに——けれどそれは、尚子の知っているものなのだろうか。それとも、まったく別のものに作り替えられるということなのだろうか。

雨は降り続いている。窓ガラスを叩く水の音は尚子の胸を暗く湿らせ、混沌の深みへと誘ってゆく。

（私は……誰なの……？）

尚子はすでに、自分が何なのかも、わからなくなってきていた。

＊＊＊

目覚めから二ヶ月後。

懸命なリハビリで尚子は奇跡的な回復を見せ、痩せ細り乾ききった肉体はすぐに若々しいみずみずしさを取り戻した。

現在は九月初旬で年号は尚子の記憶よりも一年進んでいる。つまり、一年前の夏に事故にあったという尚子の記憶とそれほど違ってはいない。ただし、現実はバイクに撥ねられたのではなく、屋敷のバルコニーから誤って転落し、頭を打ったということだった。もちろん、そんな記憶は尚子にはない。

病院でリハビリをしている間、同時に尚子は大体の『真柴尚子』という女のことを教えられた。

真柴尚子、二十五歳。

代々宝来家に仕える身の上であり、尚子は宝来家の屋敷で産まれたのだという。

宝来家の歴史は古く、鎌倉時代から続く武士の家系で、明治で爵位を与えられこそしなかったものの、多くの土地を持ち、富裕な家として幅を利かせていた。だが、十五銀行の破綻により資産の多くを失い、更に戦時中に屋敷が被災して一家離散、あわや宝来家も滅亡かと思われたが、当時の当主が戦後めきめきと頭角を現し、海運業から始まった会社は瞬く間に規模を拡大し、政商として確固たる地位を築くと、やがてかつて財閥と呼ばれた会社に匹敵するまでの巨大企業に成長した。

今では宝来グループという名で銀行から鉄道、自動車などありとあらゆる事業を扱っており、宝来皓紀は宝来家の長男で家の跡取り、つまり将来は宝来グループを背負って立つ人物なのである。

　真柴家は宝来グループの母体となった最初の会社の頃から宝来家に仕えていた一族で、尚子の祖父は会社をひとつ任されるほどだったという。

　しかしあろうことか、祖父は会社を潰した上に資産を持ち逃げし海外へ飛んだ。残された尚子の父はこれを深く恥じ、一身を以てこの罪を償うとして、一時は代表取締役だったのを辞して、平社員として働くと同時に、宝来家の使用人として、これまで以上に真面目に奉仕した。

　同じく宝来家で働いていた母と結婚した父との間には尚子という一人娘が生まれ、尚子は両親同様に幼い頃から宝来家の使用人の立場であり、また、同い年の皓紀の世話を任されてもいた。

　尚子は常に皓紀と同じ学校に行くことを強いられ、宝来家の力でクラスまでも同じにされていたという。皓紀から目を離すことは許されず、もしも別行動をしていたと知られれば、皓紀の親に必ず折檻された。皓紀の言動による問題はすべて尚子の不始末とされ、尚子がすべての責任を負ったのだ。

　まるで奴隷のようなその扱いは、祖父が残した負債のためであるという。真柴家の時代錯誤な立場は、宝来家に不利益をもたらした家の者への罰として、公然と行われていた。

「そう、本当に奴隷だね。可哀想だったけど、皆だんだんそういう扱いに慣れていってしまうものなんだ。あなたも何も言わずにそれを受け入れていたしね」

鷺坂優美はサイドボードに鮮やかな青の桔梗を飾った花瓶を置き、同情の眼差しでベッドの上の尚子を見つめる。

優美は最初に尚子を診たあの老医師の娘で、自身も医大を出た医師だという。

宝来皓紀の二つ歳上の幼なじみで、やはり代々宝来家の主治医の家系である鷺坂家の娘として、彼女は尚子の病室に足繁く通っていた。

優美は混乱する尚子に丁寧に現状を説明してくれる数少ない人物の一人であり、また他家の人間でありながら宝来家の内情を知る非常に稀な立場の人間でもあった。

彼女の話し方はまるで男性のように飾り気がなく、またその容姿もさっぱりとしたショートカットにスレンダーな体型と、服装もマニッシュなものばかりで、化粧気のない涼しげな顔立ちも相まって、尚子は時折男性と話しているような心持ちになってしまう。穏やかなハスキー・ヴォイスも聞いていると男性か女性か曖昧になる程度の低さで、最初に会ったときにはその名前を聞くまで、本当に性別がわからなかった。

「まあ、あなたの場合は生まれたときからそんな環境だったんだから、疑問を持たずにいても仕方がない。唯一外部に触れることのできる学校でも、あなたはずっと皓紀と一緒にいなくてはならなかったんだし」

「わからない……本当に私はそんな暮らしをしていたんですか」

優美に説明されても、尚子の記憶が戻る気配はない。むしろ、混乱が深まるばかりだ。財閥だの裏切りだの使用人だの——まるでドラマのような話だし、その内容から現代の話とも思えない。

「それに、話を聞いていると真柴家は裏切り者というか、罪人のような扱いを受けていたんですよね」

「そうだね。そういうことになってしまうかな」

「そんな信用ならない家の人間を、次期当主のお目付役にするなんて、なんだかおかしくないですか。そこも引っかかって……」

率直な疑問を口にすると、軽やかに優美は笑う。笑うと右頬にできるえくぼが彼女の少し素っ気ない地味な面差しに愛嬌を添える。

「確かに。でもね、真柴家はあなたの祖父が罪を犯しはしたけれど、それまでずっと宝来家を支えてきたんだ。それこそ宝来グループの始まりからね。だから、裏切りはあったけれど、宝来家と関わりの深い家であるということには変わりない」

「それじゃ、罪人であると同時に、信頼関係もあると？」

「複雑だけれど、そういうことだね。あなたのお父様が、自ら娘に皓紀の世話をさせてくれと頼んだらしいよ。自分の父のために失った信頼を回復したい一心だったんだろうけれどね。私はひどいことをするなと思った。だって、本当に考えられない立場の変化だったんだよ。今でこそ資産を取り上げられて宝来家に住み込みの身分になっているけれど、昔は真柴家も大層な邸宅を構えた資産家だったんだから」

優美の語る何もかもが、自分と関わりのあることとは思えなかった。

その証拠に、優美は尚子の母親が若くして病死し、更に父親は皓紀の父と共に自動車の事故で死亡していると聞いても、それが本当の自分の両親なのかもわからないので、さして衝撃を受けなかったのだ。

(私の記憶では、お父さんは平凡なサラリーマンで、お母さんは専業主婦で少しパートをしていて、お兄ちゃんは遠くの会社で働いていて……それ以外の家族なんて、覚えていないんだもの)

実際、尚子は一人娘で、兄などいなかったらしい。そのことすら信じられず、やはりこれが現実なのか夢なのかということが曖昧さを増してゆく。ここでは尚子は天涯孤独で、そしてあの冷たい青年に奴隷のように仕えているという、これまでの平凡な人生が嘘のような無惨な立場になってしまっている。

尚子が覚えている記憶は夢だと教わり、かといって現実だという記憶も蘇らず、正直何もかもを拒絶したい自暴自棄な気持ちになることもある。誰にも会いたくない、このままこの病室に引きこもっていたいと願うことすらあった。

そんな中で、優美は唯一、尚子がこの現実で許容できる人物だった。

――初めまして。私は鷺坂優美。あなたのことを教えて、真柴尚子さん。

最初に優美がここを訪れたとき、彼女はそう言って、初対面の相手に対するように、ベッドの上の尚子に握手を求めてきたのだ。これまで偶然同じ病院に居合わせた尚子の既知であるらしい友人、知人らは、誰もが当然のように尚子が自分のことを知っていると思い込んで話しかけてきた。そして尚子が困惑して返事もできずにいると、明らかな失望の色を浮かべたり、腹を立てたりして去っていく中で、優美だけが、尚子の現状を理解し、それを受け入れてくれていた。

優美も優美の父親の鷺坂医師も、尚子の質問に親切にすべて答えてくれ、尚子が一日も早く社会復帰できるようにと骨を折ってくれた。優美はいつでも自然体で尚子を過剰に気遣うこともなく、かといって軽く扱うわけでもなく、尚子の居心地のいい空気を作ってくれる。彼女があの冷たい美貌の宝来皓紀と幼なじみだとは信じられないほどだった。

尚子の主人というあの青年は一度も病室へは来なかったし、宝来家の人間は他にもいるはずだが、誰一人尚子を訪れる者はなかった。

(信頼関係があるっていうけど、本当なんだろうか)

そう疑問に思ってしまうほどの冷ややかな態度だ。

ただ、ずっと昏睡状態にあり、いつ目を覚ますかわからない、もしかすると永遠に目覚めないかもしれない尚子を、少しでも覚醒するきっかけになればと屋敷の自室に移すよう指示したのは皓紀だそうで、本来ならば不衛生だからと切ってしまうはずの長い髪も、もしも目覚めたときに髪が短くなっていればきっとショックだろうからとあえてそのままにさせたのだという。

そのことを語りながら、優美はクスクスと小さく笑った。

「ショックだろうって、おかしいよね。だって、あなたに髪を伸ばすように言ったのはあいつなのにさ」

「え……。そうだったんですか」

「そうだよ。尚子には長い髪が似合うからって、切ることを禁じたんだ。皓紀にそう言われちゃ、あなたはその命令に逆らうことはできないからね。その長い髪は、別にあなたの趣味じゃないんだよ」

それを聞いて、尚子の中で複雑な感情が大きくなる。

（私の記憶の中でも、髪は切っちゃいけない、って思ってた……。誰に言われたかは忘れてたけど、こっちでは、あの人に言われたことだったんだ）

尚子の中で、すでに『こちらの世界』と『あちらの世界』は分かれてしまっている。そして未だに、どちらが現実のことなのかわからない。

リハビリを続けながらも、いつかは目が覚めるのかもしれない、大学四年生で就活を続けていたあのつまらない日々に戻るのかもしれない、と思い続けていた。

けれど、一向にその目覚めはやって来ない。衰えた体が徐々に回復してゆくその感覚が、まるでこれが唯一の現実なのだとでも言うように生々しく尚子に迫ってくる。

「本当に綺麗な髪だよね」

優美は感心したように尚子の肩からこぼれる黒髪にそっと触れる。

「眠っているときも、あなたは髪だけ目覚めているみたいだったよ。体は全然息をしていないように見えたのに」

「私……夢の中でも長い髪だったんです」

「そうなんだ？」

優美は目を細めて笑う。

「尚子さんは皓紀に言われてずっと長い髪だったからね。きっともう、この状態があなた自身なんだろうね」

尚子自身――それは一体何なのだろうと尚子は考える。ずっと考えているけれど、まるで何もわからない。わかっているのは、尚子がまったく別の世界に放り投げられてしまったということだけだ。

まだ、病院での日々は社会と接することもなく、尚子に強い混乱を与えはしなかった。けれど、退院間際になってやって来た宝来家当主の代理という世良隆之という男の存在で、『こちらの世界』も否応なく尚子を連れ去ろうとしている。尚子は永遠にかつて自分がいた『あちらの世界』に戻れなくなるような気がして、言いようのない不安に襲われた。

世良が病室を訪問したのは、屋敷に戻ってからの尚子の仕事を説明するためらしい。世良は宝来家で働く使用人たちを束ねる立場の、いわば家令といった役職に就いている男で、家のすべてを取り仕切っていた。

世良も皓紀同様に身長が高く、銀縁眼鏡をかけた真面目そうな顔にきっちりと撫で付けた髪、姿勢のいい背広姿と、まさに家令といった具合だ。宝来家の使用人で最も高い身分ということだが、年齢はまだ三十代半ばといったところで、彼よりも古株の人は多くいるだろうに、よほど優秀なのだろうか。

「記憶は戻られましたか」

と訊ねる世良に、尚子は首を横に振るしかない。世良は表情の乏しい顔に、微かに落胆の色を浮かべた。

「そうですか……。もうすぐ二ヶ月が経ちますが、まだ何も思い出せませんか」

「すみません……」

尚子が項垂れると、世良は慌てて首を振り、微笑んでみせる。

「こればかりは、仕方のないことです。もしあればお写真などをお見せして差し上げたいのですが、私に見つけられたのはせいぜいこのくらいで」

世良は重たげなアルバムをいくつかテーブルに並べる。それは卒業アルバムで、確かに尚子自身が多数の生徒たちと一緒に写っているが、なんだかひどく痩せていて別人のようにも見える。優美の言っていた通りクラスはいつでも皓紀と同じで、二人は常に一緒のページにいた。

「これはどれも皓紀様にお借りしたものです。真柴さん、それをご覧になって、何か思い出されることは？」

尚子の顔色を窺っていた世良の問いかけに、また首を横に振る。何も記憶を呼び起こされない。ただ、同じ制服を着た生徒たちが並ぶ中でも、皓紀がやはり際立って美しいということしかわからない。

世良はそうですよね、と呟いて失望のため息を落とす。

「本当は日常生活の写真の方がいいのでしょうが、皓紀様のものはあっても、真柴さんのものがどうしても見つからないんです。あなたが目覚められてからずっと探していたのですが。真柴家にあったものはほとんど処分されてしまったようですし……実際にその頃を見れば、記憶が戻るかもしれないのですがね」

これだけ多くの人が尚子の持つ記憶と違うことを語っていても、その明確な証拠というものは、尚子に似た痩せた少女が写っている卒業アルバム以外、何もない。それが、尚子が未だにこの現実を受け止め切れずにいる理由でもあるのかもしれなかった。

(どうして私の写真がないんだろう。優美さんたちの言っていた通り、私が奴隷のような立場だったから、写真を撮ることも許されなかったんだろうけれど……)

いくら尚子が疑問に思っていても、目の前の現実を肯定するものもなければ、尚子自身の記憶を肯定するものも存在しない。しかもそれは尚子の記憶のみであり、複数の人たちが証言するこちらの現実の方が、やはり本物である可能性は高いのだが——。

「あ、世良さん。来てたんだね」

丁度優美がやって来て、世良は彼女を認めて立ち上がり、深々と腰を折る。

「どうも、ご無沙汰しております」

「いいよ、あなたは忙しかったんだし。ここ数ヶ月は北海道から沖縄まで飛び回ってたんでしょう」

「仕事ですので。今日はようやくお見舞いに来る時間がとれました」

「尚子さん、明後日退院なんだっけ。記憶は戻ってないけど、体は元気になったんだし、何とかなるでしょ」

優美が軽くそう言うと、本当に大丈夫そうな気がしてくるからふしぎだ。

「真柴さんには、お屋敷に戻り次第、元の仕事に戻っていただきますので、本日はそのご説明に上がったのです」

「いきなりこき使うのは、やめてあげた方がいいんじゃない。まあ、その辺りはさすがの皓紀もわかってるとは思うけど」

「あの……私の仕事って……どんなことをしていたんですか」

何と言っても、尚子の記憶ではまだ就職活動中の身分なので、仕事と言われてもピンと来ない。それなのにいきなり働けだなんてあんまりだ。しかもこれまで聞いた話では随分と虐(しいた)げられていたようだから、何やらひどい役割を振られそうで恐ろしい。

世良は生真面目な顔で頷いて、説明を始める。

「はい。立場としては、宝来グループの運営する宝来商事の子会社にあたります、『ほうらいケア』という、福祉関係の会社の事務をしていただいておりました。ですが、真柴さんの最も優先すべき業務は皓紀様の身の回りのお世話ですので、そちらはあまり重視していただかなくて構いません」

淡々と告げられるよくわからない仕事内容に、尚子はただ「はあ……」と相づちを打つしかない。

「皓紀様は将来宝来グループを継ぐお方でありますので、現場を知るために宝来自動車工業の横浜工場次長をされた後、今年から本社の常務取締役として東京に勤めておられます。真柴さんのお役目としては、皓紀様のスケジュールを把握し、帰宅された皓紀様のケアをすべてこなすこととなります」

「じゃあ、私は、その、家事労働者のようなもの……ということですか？」

「そうですね、ですが皓紀様以外の家のことは何ひとつしていただかなくて結構です。真柴さんはあくまで皓紀様を第一にお考えいただき、たとえば事務の仕事中に呼び出しがあれば何を措いてもその求めに応じていただかなければなりません」

聞けば聞くほど意味がわからない。少なくとも一般的に聞くような仕事内容でないのは確かだ。

あからさまに妙な顔をしていたのだろう、世良は「何かご質問があればどうぞ」と尚子に発言を促した。

「あの、それじゃ、ちょっとお訊ねしたいんですけれど。それなら、仕事も皓紀……様の、お側でできるものがよいのでは……。呼び出しに応じるというのも近くにいれば簡単ですし、会社が違うとスケジュールを把握するのにもいちいち手間がかかる気がするんですけれど……」

未だ『主従関係』というものに慣れない尚子には、誰かを『様』づけで呼ぶことは違和感がある。

世良は尚子の質問に少し考えるような顔をして、

「そうですね。皓紀様も、当初はそれを望んでおられたのですが、学校ならばいざ知らず、やはり仕事の場となると、まだ真柴家の人間を次期当主の側に置くというのを、現総帥であられる暁子様がお許しにならず……」

暁子――誰のことだろうか。尚子が初めて聞く『暁子』という名に首を傾げていると、世良は説明を付け加える。

「ああ、そうでした、ご記憶がお戻りになっていないのでしたね。宝来暁子様は皓紀様のお母上です。当主であられました喜高様が不慮の事故で亡くなられた後、宝来グループを率いてきたのは暁子様なのです」

「はあ、そうだったんですか。それじゃ、宝来家でいちばん偉い方というのは、その暁子様なんですか」

「ええ、そういうことになりますね」

世良は頷く。

「ですから、もしも暁子様に何かを命令された場合、真柴さんはそれに従ってください」

「その命令が、もしも皓紀様のものと違っていたら？」

「そうですね。暁子様に従うべきでしょう。真柴さんは皓紀様にお仕えするお立場ですが、もしも暁子様が真柴さんを解雇しようとすればそれも可能です。直属の上司は皓紀様ですが、会社のトップは暁子様、ということでしょうか」

なんだかややこしくなってきた。会社という喩えを持ち出されても、尚子には会社勤めの記憶などないのだから理解が深まるはずもない。

「それは特別な事情の場合です。実際には、暁子様が真柴さんに直接命令することは滅多にないでしょう。なぜなら真柴さんはお屋敷ではずっと皓紀様のお側にいなくてはいけませんから」

「そう、なんですか……」

四六時中誰かが側にいるというのでは、落ち着かないのではないだろうか。もちろん、用事があって呼ばれなければ私室にまで入るということはないのだろうが、見張られているようで嫌な気持ちはしないのだろうか。

ずっと、それこそ小さな頃から一緒にいたということだったので、もう側にいるのが当たり前なのかもしれないが、現在の尚子からしてみると、もしも自分がいつでも誰かに引っ付かれていて、完全に一人になれる時間がないとしたら、きっと三日と経たずに我慢できなくなるだろうと思えた。

「あとね、尚子さん。皓紀には弟がいる」

それまで黙って話を聞いていた優美が口を挟む。

「皓紀の三つ下で二十二歳の三紀彦(みきひこ)っていうんだけど、正直、こいつには気をつけた方がいいよ」

「優美さん、それは……」

世良が眉をひそめて優美を見る。けれど優美は平気な顔で話を続ける。

「尚子さんは記憶がないんだから、注意してあげなくちゃだめでしょう。あのね、三紀彦と二人きりになるような場合には絶対に注意して。なるべくそうならないのがいちばんだけど」

「あの……ど、どうしてでしょうか」

「それは実際に会ってみればすぐにわかる。私もしょっちゅう宝来の家には行くと思うけど、いつも一緒にいてあげられるわけじゃないから、あなたは自分のことを自分で守らなきゃいけない。わかった？」

優美の口ぶりで、さすがに尚子も察する。皓紀の弟の三紀彦という男は、手癖の悪い人物なのかもしれない。性的なことに嫌悪感を持っている尚子はにわかに不快な気持ちが込み上げて、屋敷での暮らしが不安になってくる。これから自分が生活をする場所がどういうところなのかをまったく知らなかったことに、今更のように尚子は思い至った。

「あなたに直接害がありそうなのは三紀彦だと思うけど、まあ、皓紀も、暁子様も、ちょっと普通じゃないから……その覚悟だけはしておいて。記憶がないままあの屋敷に戻るなんて、私は本当は反対なんだけどね」

「しかし、皓紀様のたってのご希望なのです」

世良は弱り切った顔をしている。躊躇（ためら）わず屋敷の内情を暴露する優美に困惑している様子だ。

「鷺坂先生に逐一真柴さんの状況は報告をお願いしておりましたので、もう日常生活に支障がないとご存知で、病院にいる意味はないと仰っておりますし……」

「気になるなら自分で見舞いに来ればいいのにね。本当に天（あま）の邪鬼（じゃく）だ」

尚子は意外に思って驚いた。どうやら、皓紀は病院へ来ずとも、尚子の状態は常に把握していたらしい。二ヶ月ほど前に会ったきり、一度も顔を合わせてはいないけれど、もしかすると心配してくれていたのだろうか。

（なんだか、よくわからないけど……おかしな家だってことは想像がつく）

優美に聞かされた皓紀の弟のこともそうだが、屋敷全体の雰囲気がなんだか妙なものに思えて、尚子は強い不安に沈み込む。「ちょっと普通じゃない」とは、どういうことなのだろう。これまで平凡で退屈な毎日に飽きてはいたけれど、突然こんなわけのわからない日々に放り出されても全然嬉しくない。

（明後日から……私、またあのお屋敷に戻るんだ）

徐々にその実感が湧いてきて、尚子は憂鬱になる。まだろくに体も動かせなかったときに寝かされていたあの部屋。たくさんのメイドたち。そして、女物の着物を着た、美しく冷たい青年。

普通じゃない――そうはっきりと言葉にされなくても、尚子も目覚めたときから感じていた。まるで現代の日本ではないような、時の止まったようなあの古びた洋館。あそこで暮らしていれば、いずれ尚子が失ったという記憶も戻るのだろうか。そもそも、そんなものが存在するかどうかも怪しんでいる今の尚子は、自分が自ら危険な罠（わな）の中へ飛び込んでいくような、そんな予感がしてならないのだった。

＊＊＊

とうとう、退院の日がやって来た。

昼近くに世良が迎えにやって来て、尚子は用意されたグレーのスーツに着替えさせられる。就活のことを思い出すが、今から向かうのは面接よりももっと憂鬱な場所なのだ。

いつも通り化粧もろくにしないまま、病院前に呼び寄せられたタクシーに乗せられる。世良は運転手に奥多摩(おくたま)の屋敷の住所を告げ、一昨日と変わらない生真面目な顔で尚子に向き直った。

「今日は屋敷の方々にご挨拶をして、これからの指示を仰(あお)ぐ形になると思います。まずは屋敷での生活に慣れていただくことが優先です。そうすれば記憶も戻るかもしれませんし」

そうですね、と力なく答えながら、尚子は遠ざかってゆく病院を名残惜(なごりお)しげに眺めている。別に特に楽しい入院生活でもなかったけれど、離れてしまうとなると恋しくなった。

かつて、尚子が暮らしていたという屋敷での生活――それは本来ならば懐かしいもののはずだが、まったくそうは思えず、不安と緊張に押し潰されそうだ。

これで本当に病院での生活もおしまいなんだ。そう思うと自然と涙が込み上げてきそうになって、尚子は唇を噛んだ。

秘かに尚子が願っていたことは起きなかった。あるはずもないとわかっていながら、尚子は失望を感じてしまうのをどうしようもなかった。

(もしかしたら……良樹が来てくれるかもしれない、って……思ってた)

尚子の記憶では、逢沢良樹という恋人が存在していた。知らない人間ばかりに囲まれたこの生活に、もしも良樹が現れてくれたら、これまでの自分の記憶が間違いではなかったという証明になるのに——そんな空想も儚く散り、尚子はタクシーに揺られている。

本当に、あの日々が夢だったなんて到底信じられない。あんなにもリアルで、はっきりとしていて、においも味も感触も生々しく存在していたのに、それらがすべて尚子の頭の中だけでの出来事だったなんて、どうしても理解できないのだ。

(優美さんにも聞けなかったけど……そんな奴隷のような生活をしていたなら、恋人だっていたはずがない。『こちらの世界』じゃ、良樹も存在しないんだ……)

失意の尚子を乗せ、タクシーは青梅街道をひたすら走り、多摩川に沿うようにしてどんどん緑の深い山奥へと入ってゆく。民家が次第にまばらになり、やがてまったく人の気配のしない場所までやって来ると、まるでどんどん逃げ場がなくなっていくような、恐ろしい場所に閉じ込められてしまいそうな感覚に襲われて、尚子はもう少しでタクシーのドアを開けて飛び出してしまいそうになった。

(本当にこのまま行ってしまっていいの？　今のうちに、逃げ出した方がいいんじゃないの？　そうだ、きっとこれが最後のチャンスかもしれないんだし……)

何の疑問も持たずに言われるまま、導かれるままにここまで来たが、本当にこれが正しいことなのだろうか。戻るはずの記憶は一向に戻らず、皆がそのうちに、そのうちにと曖昧なままの尚子をいいように騙(だま)しているようにも思えてくる。

けれど自分などこんな何人もの人々が大掛かりな芝居までして騙すほどの価値もないし、そんなことをする意味もわからない。夢だったらよかったのに。そうしたら、覚めてくれるだけで救われるのに。なぜ、自分はまだ眠ったままなのだろう。どうすれば目を開けることができるのだろう。

「到着しました」

尚子が胸のうちで様々な葛藤(かっとう)を繰り広げている間に、タクシーは宝来家の屋敷へと辿り着いてしまう。

鬱蒼と生い茂る木々の奥からこつ然と大きな煉瓦造りの門が現れ、世良は「ここまでで結構です」と料金を支払ってタクシーを降りる。門の脇にある小さな扉の鍵を開け、少し錆び付いているのか耳障りな音を立てて扉が開かれる。世良は「こちらです」と尚子を伴い、敷地内へと進んでゆく。

　歩道を少し歩いていくと、目の前に灰色にくすんだ大きな洋館が立ちはだかる。背景には霧がかった山々がそびえ立ち、不安に掻き立てられる尚子の目には、この屋敷が恐ろしげな監獄のように見えた。

「随分と、山奥にあるお屋敷だったんですね……。運び出されたときには気づきませんでした」

「そうですね。こちらの土地は代々宝来家のもので、現在のこのお屋敷は昭和初期に建築されたものです。かつて赤坂にあった本宅は戦災で失われてしまいましたがこちらは無事で、そのまま現在まで残っています」

「水のにおいがする。近くに川でもあるんですか」

「ええ。日原川（にっぱら）という川が流れていますよ。雨で増水すると音もよく聞こえてきます。釣りもできますよ。イワナやヤマメなどが食卓に出ることもあります」

　日常的に暮らす家というよりも、まるで避暑地のような立地だ、と思う。日々の疲れを忘れて余暇を過ごすには持って来いの場所ではあるが、近くにスーパーなどもなかったし、ここでずっと生活するにはかなりの苦労がつきまとうのではないか。

「その、不便ではないんですか？　お勤めにはもっと都心に近い場所の方が……」

「さほど時間はかかりません。東京まで車で二時間ほどですが、その間にその日のスケジュールの確認や様々な仕事もできますし、急ぎであればヘリを使って出勤する場合もございます」

　淡々と説明されても、ヘリコプターまで使用するような壮大な通勤には理解が追いつかない。唖然（あぜん）とする尚子の内心を察知して、世良は言葉を続ける。

「そうまでしてなぜここに、と思われるでしょうが……横浜と東京、神戸、またニューヨークやパリなどにも別宅がございます。よほど忙しい折には通われる場所にいちばん近いお屋敷で過ごされることもありますが、宝来家の方々はこの静かな奥多摩の屋敷を最も好んでおられるのですよ」

　そう言われてしまえば、そうですか、としか返事のしようがない。元より優美からは「普通じゃない」と言われている家のことだし、常識が通用しないことは多々あるのだろう。そもそも元財閥と並ぶほどの規格外の資産家なのだから、利便性などは二の次なのかもしれない。背負っている責任が大きいからこそ、都会の喧噪から離れて静かな場所で暮らしたいのだろう。

世良に促されて怖々と屋敷の中へ入ると、鹿や狐などの剝製がガラスケースの中にずらりと並んで来訪者を出迎え、豪奢なシャンデリアや巨大な螺鈿細工の花器に飾られた活け花、恐らくは有名画家による大きな油絵などが、ここを山奥にある屋敷などとは思わせぬ豪華絢爛な眩さで尚子を圧倒する。

一年間の眠りから目覚め、寝かされたまま運び出された尚子は、今日初めてこの屋敷を目にしたような感覚だったが、これほどに広く贅沢な場所だったとは思わなかった。まるで一流ホテルのロビーのようだ。こんな豪邸が各地にあるのだとすると、使用人の数もかなりの多さになるだろう。

行き交うメイドたちは世良と尚子を見て足を止め、「お帰りなさいませ」と頭を下げて通り過ぎるが、あちらこちらから露骨な視線を感じていたたまれなくなる。長過ぎる眠りから覚め、二ヶ月のリハビリを経て戻ってきた尚子を、皆どう扱えばよいのかわからないに違いない。尚子の方に記憶はないが、周りの人々は当然よく知っているに違いなく、その意識の違いがどうにも歯痒かった。

「ようやく戻ったか、尚子」

低くよく通る声が響き、尚子ははっとして顔を上げる。

玄関の真正面から伸びる大きな階段の赤い絨毯の上をゆっくりと踏み締め、あのふしぎな青年、宝来皓紀が下りてくる。

（やっぱり、女物の着物を着てる……）

どうしてそんなものを着ているのだろう。聞いてみたいけれど、そんな空気ではないのは明らかだ。

今日の皓紀は、鮮やかな江戸紫（えどむらさき）に菊や萩（はぎ）などの花々に雅（みやび）やかな御所解模様（ごしょどきもよう）が染め抜かれた着物を身にまとっている。それにしても、相変わらず寒気がするほどの美しさだ。最初に顔を見たときはそんな風には思わなかったのに、今は体が健康になったためか、尚子の胸は美貌の異性に対する純粋なときめきで高鳴った。この青年と向き合って、見惚れない女性は果たしているのだろうか。

「医者の報告通り、もう体は万全なのか」

しかし、にこりともしないその表情には尚子が帰ってきたという嬉しさなどは微塵も見受けられない。これまでの真柴家と宝来家のいきさつを聞けば歓迎されると思っていたわけではないが、目覚めるかどうかもわからなかった者が戻ってきたのだから、温かい言葉のひとつでもかけられるのではと想像していたが、見事に外れたようだ。

皓紀にとって尚子は誰より近しい、特別な存在だと言われていた尚子は落胆した。この反応はどうでもいい相手に対するものとしか思えない。

「鷺坂先生からは、そう伺っております。少なくとも、検査では何の異常も見つからなかったと」

「だが、記憶だけが戻らない、か」

　世良の返事に、皓紀は冷たい眼差しで尚子を見下ろし、鼻を鳴らす。上背のある皓紀に見下ろされると威圧感が増し、尚子は縮こまるような思いがする。初めに覚えたときめきなど、この凍てついた目つきにたちまち吹っ飛んでしまった。

（この人、やっぱり怖い。こんな人とこれから一緒にいないといけないなんて）

　皓紀の目に見つめられると、自分がまったく価値のないような、無意味なものに感じられて、何もかもが青ざめてゆくような気持ちになる。

「まあ、こちらとしては仕事をしてもらえれば構わん。これまで散々こき使ってきて、事故で一生寝たきりなどという境遇じゃさすがに寝覚めが悪かったからな」

　ついて来い、と尚子に背を向け、皓紀はさっさと歩き始める。尚子が後をついてくることを少しも疑っていないその後ろ姿に、言いようのない不安と不快感を覚える。

（まるで人を人とも思ってないみたい……こんな嫌な男の下で、私はずっと働いてきたっていうの？）

　反感を覚えても、なぜか皓紀に従わなければいけないという気がして、大人しくその後ろをついていく。世良も当然のように尚子の傍らに付き添うが、それは心配しているというよりも、尚子が逃げ出さぬよう見張っているように思えた。

一階の奥にある一室の前で足を止めると、皓紀は扉をノックし「皓紀です」と告げた。中から「入りなさい」という柔らかな女性の声が聞こえ、世良がさり気なく皓紀の前に立ち、扉を開く。

部屋は書斎のようだった。壁一面に本がぎっしりと詰まった本棚が並び、歴代の当主の写真なのか、何人もの写真が並び、様々な賞状やトロフィーなども飾られていて、厳めしい雰囲気だ。しかし同時に桃色のリボンのかかったカーテンや、スズランの花のような可愛らしいデザインのランプなどの少女めいたインテリアも見られ、どこかちぐはぐな印象を受ける。部屋の中央に据えられた重厚なマホガニーの机の椅子には、一人の小柄な女性が座っていた。

「お久しぶりね、尚子さん。お元気そうで何よりだわ」

女性はにっこりと微笑んで尚子に声をかける。見た目は三十前後に見えるその女性は、京人形のように繊細な目鼻立ちで、その陶器のような肌は黙っていれば置物かと思うほどに体温を感じない。女性は皓紀同様に着物姿で、濃紺の生地が蒼白いほどの肌を際立たせ、見事なべっ甲のくしを挿しきっちりと結い上げた黒髪も艶やかで、そのあまりに整った容姿に彼女の周囲だけ温度が低いように思えるほどである。

　しかしその美貌はどこか甘えたような可愛らしい雰囲気があり、冷たいほどに精巧な外見とはアンバランスな、見ていて妙に不安になるような空気があった。

　戸惑っていると、世良に横から「この方が宝来暁子様です」と耳打ちされ、尚子は驚いた。それでは、皓紀の母親ということではないか。そうすると歳は少なくとも四十は超えているはずなのに、まるでそうは見えない。恐れを覚えるほど若々しい容姿である。

「あの、どうも、初めまして……」

　緊張した尚子は思わずそう言って頭を下げるが、周りの妙な空気を感じてはっとする。そういえば初対面ではないはずなのだ。けれど、会った記憶もないのに、どう答えろというのだろうか。

「そう……やっぱり、覚えていないのね」

　鼻白んだような声で暁子が呟き、ため息を落とす。

「隆之。何とかしておきなさいと言ったでしょう。二ヶ月も何をやっていたの」

「も、申し訳ございません、暁子様……」

　隆之というのが世良の名前だということに一瞬遅れて気づくが、なぜ世良が暁了に叱られなければならないのだろう。優美の話ではあちこち飛び回っていて東京にはほとんどいなかったようだし、尚子の記憶喪失は医者でもどうにもできなかったというのに、あまりに理不尽な物言いだ。

「もう、いいわ。お前なんかいらないわ。下がって頂戴」

暁子は駄々をこねるように甘ったるい声を上げ、犬や猫を追い払うように手を振り、世良を部屋から下がらせた。年齢と釣り合わないその仕草に、内心寒気を覚える。

「尚子さん。何はともあれ、あなたが回復してよかった。これで皓紀さんが使用人を怒鳴り散らすことも減るわね。あなたのお世話でなければ気に入らないのよ、この子は」

尚子は思わず皓紀を見るが、皓紀は前を向いたまま身じろぎもしない。

「何も覚えていないようだから、一から仕事を学ぶことね。わからないことがあれば周りの人間に聞くといいわ。皆協力してくれるはずだから。まあ、大して難しい内容ではないんだけれど」

「は、はい……ありがとうございます」

暁子はこんなにも小柄で、妙に幼い声で喋るような女性だというのに、威圧感は皓紀以上のものを感じる。どうしても気後れしてしまい弱々しい声でしか答えられない。

もういいわ、下がりなさい、と言われ、部屋を退出しようとしたそのとき、急に目の前に何かが落ちてきた。

小さな蜘蛛だ。天井から吊り下がって降りてきたのだ。

思わず大きな悲鳴を上げてしまい、首を傾げている暁子と、目を丸くしている皓紀の奇妙な反応に気づいて、顔を赤くする。虫が大の苦手というわけでもないけれど、緊張状態のところへ思わぬ事態に出くわし、つい大げさに驚いてしまった。

「まあ、うるさい子ねえ。小さな蜘蛛ごときで驚かないで頂戴。ここは古いお屋敷だから、そういった類(たぐ)いのものにいちいち驚いていたらキリがありませんよ」

「も、申し訳ありません。び、びっくりして……」

「……すごいな」

皓紀は妙に感心したような、面白がるような顔をしている。

「お前のそんな叫び声など、ほとんど聞いたことがない」

「え……？」

「皓紀さん。この人、本当に尚子さんなのかしら。顔だけ同じ別人のようだわ。あんなに冷静沈着で優秀な女性だったのにねえ」

それを聞いて尚子は驚く。これまでの人生で、冷静沈着などと言われたことがないからだ。ぼうっとしているとか、天然ボケだとか、笑いのツボにハマるといつまでも笑い続けてしまうとか、基本的には大人しいけれど冷静とは言い難い性格なのに、『こちらの世界』

の尚子は、随分と違う気性の持ち主だったらしい。

「いいじゃないですか、お母様。こいつは紛れもない真柴尚子ですよ。小さい頃から側にいた俺が言うんだから間違いありません。事故のショックで記憶をなくして、おかしくなっているだけなんですよ」

おかしくなっていると言いつつ、皓紀はこの状況を楽しんでいるように見える。普段は冷たい表情を崩さないくせに、変なところで機嫌がよくなっている。暁子はそんな皓紀の態度が気に入らないのか、幼い表情の中にも微かに不満の色を見せつつ、「さっさと行きなさい」と拗ねた口調で二人を下がらせた。

暁子の書斎を出ると、玄関の方から大股（おおまた）で誰かが近づいてくる。使用人たちの歩く控えめな足音とは大きく違うその気配に尚子が怪訝（けげん）に思っていると、やはり見たことのない男がそこにいた。そして尚子の顔を認めるなり、あっと大きな声を上げ、目を丸くして駆け寄ってきたのだ。強いアルコールと香水の混ざった香りがプンと漂った。

「おお、尚子じゃねえか。すげえ、マジで蘇ったんだ!?」

「え？」

「普通に死んだと思ってたのに、生き返るなんてゾンビみてえ。ただの噂（うわさ）だと思ってたけど本当だったのかよ！」

「あ、あの……」

　唐突に捲し立てられて何も返せない。尚子の狼狽する様子に、男は何か違和感を覚えたのか首を傾げている。

「何だよ、一年グースカ眠って俺の顔忘れた？　三紀彦だよ、ミキヒコ！　ますますいい男になっただろ？」

　その名前に、ハッとする。それでは、この男が優美が言っていた要注意人物の宝来三紀彦か。

　三紀彦は皓紀の弟であるはずだが、どちらかというと女性的な美貌の皓紀とは大きく異なる容姿をしている。身長は兄よりも低いが尚子よりは随分高い。日に焼けて精悍な顔つきは男性的な魅力にあふれているが、その顔に常に浮かんでいる猥雑な笑みが三紀彦の整った容貌を品のないものに見せ、柄シャツを大きく開けた胸元に光る太い金のネックレスも、まるでヤクザのようだった。

　皓紀はさり気なく三紀彦と尚子の間に入って牽制する。

「よせ、三紀彦。尚子は以前のことを何も覚えていないんだ」

「何も、って……、え、記憶喪失ってマジなのか！」

「記憶喪失というよりも、夢で見ていたらしいことが記憶として残っている。思い出すには時間がかかるかもしれない」

「へえー、すげえ。ドラマみてえだなあ、尚子。やっぱお前ただ者じゃねえよ」

三紀彦は変に感心したように尚子を上から下までジロジロと眺める。舐めるようなその視線に尚子は思わず青ざめた。こんな風に露骨に性的な興味を孕んだ目で面と向かって見られたことはない。優美は実際に会ってみればすぐにわかると言っていたが、確かにこんな目つきで見られれば、この男がどういった人間なのかは明らかだった。

「一年間眠ってたようには見えねえよなあ。病院ってのは結構いいもん食わせてくれんのか？　前はガリガリだったのによ、いい感じに肉もついたじゃねえか」

三紀彦は下卑た笑いを浮かべ、尚子の体を凝視している。まるで視線だけで犯されているように感じ、尚子は思わず自分の体を抱え込む。それを見て、三紀彦は嬉しそうに目を細めた。

「可愛いなあ。俺も色々教えてやるよ。俺とお前、結構仲良かったんだぜ？」

「嘘をつくな。嫌われていたくせに」

「そんなの、兄貴だってそうだろ」

吐き捨てるような三紀彦の台詞に、一瞬、氷のような皓紀の横顔に怒りが走る。

（嫌われてた、って……以前の私が、この人を嫌っていた？）

優美の話では何も言わずにこの境遇を受け入れていたということだったが、本当はそうではなかったのか。冷静沈着で、優秀で、文句ひとつ言わずに仕えていた女――そんな人物が、主人に対して嫌悪を露にするなどということがあるのだろうか。

「それにしても、マジで記憶喪失かあ。なんか昔の尚子と違う感じがしたのは、覚えてねえからなんだな。顔つきが別人みてえ」

尚子はどきりとする。

また、言われた。自分はそんなにも以前とは変わってしまっているんだろうか。

「あいつってもっとこう……いっつも張りつめてるみたいな仏頂面だったよな。今のお前って、隙だらけって言うかさあ」

「どうでもいいが、早くお母様のところへ行け。帰宅してすぐに挨拶しないとまたヒスがひどくなるぞ」

皓紀が急かすと、三紀彦ははっとした顔で頭を掻く。

「そうだった。どうせ俺の顔なんか見たくもないってすーぐ追い出すくせになあ」

ぶつくさ文句を言いながらも、三紀彦は暁子の部屋へと向かっていった。宝来家の人間は皆、帰宅するとまず暁子に挨拶をするのが決まり事のようだ。

三紀彦は部屋へ入る前に尚子に向かって振り向き、見せつけるように舌なめずりをした。

尚子はゾッとしながら、良樹とのキスを思い出した。あの、ナメクジみたいな感触。おぞましい触手を突っ込まれたような不快感。

良樹のことが好きなはずなのに、性的な接触は決して好きになれない自分——それはたとえ二十五歳になっても、まったく変わっていない。いや、そもそも本当に良樹に対して恋愛感情を抱いていたのだろうか。思えば、彼は尚子にとって初めての恋人で、尚子はまだ恋がどんなものかわかっていなかったのかもしれない。

「面倒な奴に会ったな」

皓紀はため息をつき、尚子を振り返る。

「一応言っておくが、あいつには近づくな。今のでわかったと思うが、あまり真面目な奴じゃないんでな」

皓紀は優美とまるきり同じことを言う。一応、心配してくれているのだろうか。そう思うと、ついさっきまで怖いとしか感じていなかった皓紀が、自分を守ってくれる優しい男に見えて、縋りつきたいような衝動を覚えた。

自分でも都合が良過ぎる思考だと思うけれど、三紀彦の言動がとにかく恐ろしく不気味で、尚子の心は必死で頼れる誰かを求めていたのだ。

「元々の尚子だったら、自身が警戒していたから、こんなことを言う必要もないんだがな。

今のお前はどこか抜けているように見えるから不安だ」

「私……そんなに違うんでしょうか」

記憶を失っただけで、そんなに人格が変わってしまうものなんだろうか。尚子がぽつりと口にした疑問に少し驚いたように、皓紀はじっとその顔を見つめている。

「ああ、まるで違う……と言いたいところだが。正確には、それとは少し異なっているんだろうな」

「え?」

「ここでの日々で形作られていたお前の人格が、記憶と共に消えたんだろう。思い出せば、また自ずと同じようなお前に戻るんだろうが」

記憶と共に消えた人格——そう言われれば、確かに、と思える。

今の尚子は、夢で見ていたつまらない大学生活を送っていた尚子だ。今あるものはその記憶による人格なのだから、ここで暮らしていた尚子を知る人たちが違和感を覚えても無理はないのかもしれない。

考え込んでしまう尚子に、皓紀は呆れたように苦笑した。

「お前は、本当に何も覚えていないんだな」

その言葉にほんの少しの寂しさを感じて、尚子は罪悪感に胸が痛んだ。最初は嫌な男だと思っていたけれど、尚子が記憶を失ったことに対する恨みもあったからなのかもしれない。これまで自分のことで精一杯で、忘れられた方の人間がどう感じているのかを想像できていなかったことに、今初めて気がついた。

「あ、あの、皓紀様……」

思わず声を上げると、皓紀は怪訝な顔をする。

「覚えていなくて……本当にすみません。その、なるべく早く、思い出すように頑張りますから……」

尚子の方から皓紀に『皓紀様』と呼びかけたのは初めてのことだ。緊張して声が震えてしまうが、これからもずっと側で生活するというのなら、いつまでも黙ったままでいるわけにはいかない。

皓紀は少し面食らった様子で尚子を見ていたが、ふいに横を向いて「どうでもいい」と冷たく言い放った。

「思い出さなくても問題はない。俺は構わない」

早く思い出せと言われるとばかり思っていた尚子は、予想外の皓紀の返事に呆気にとられる。このままでもいいなどと言われるとは思っていなかった。誰よりもすべての記憶を取り戻して欲しいのは皓紀なのではないか。

同時に、自分を守ってくれそうな皓紀に気に入られようとして知らず知らずのうちに媚びた声を出していたことに気づき、尚子は恥ずかしさと悔しさで顔を赤くする。返ってきた冷たい言葉に、横っ面を引っ叩かれたような気分だった。

「それよりも早く仕事に慣れろ。母も言っていただろう。仕事のことは周りに聞けば助けてくれるし、大して難しい内容ではないと」

ふいに涙がこぼれそうになって息が詰まり、尚子はただ頷いた。

「記憶なんぞよりそっちの方がずっと大事だ。俺に謝るならば記憶よりも仕事のことだ。これ以上の手間はかけさせるなよ」

実際、尚子を使う立場の皓紀としてはそれも当然のことだろう。しかし、尚子の心は突き放すようなその言葉に冷え込んでゆく。何を期待していたのだろうか。自分がこの人の側にいる意味はただ使用人という立場だけなのに。

(それにしたって、ちょっと冷た過ぎる。思い出さなくていい、だなんて)

記憶などいらない、仕事だけしていればいい、というのは、自分との繋がりなどどうでもいいということだ。生まれたときからずっと一緒にいたと聞いていたのに、こんなものなのだろうか。

(以前の私が冷静沈着で、いつも張りつめていて仏頂面の女だったのも、わかる気がす

る）

ただロボットのように働いていればそれで十分で、心など必要ないのだろう。そんな相手に仕えていたら、感情を表す必要だってない。心を凍りつかせていた方がずっと楽に違いないからだ。

記憶の中ではまだ二十一の尚子。現在は二十五歳というこの自分は、平凡な就活中の学生の自分とは、まるで異なる世界にいる。

（つまらない日常に飽き飽きしてた……だけど、目が覚めてまるで別の世界に来てみても、あんまりいいことないみたい……）

未だに尚子の脳裏には就活の息苦しい光景が生々しく残っている。皆同じ黒いスーツを着て、同じような髪型をして、無個性の顔で就職活動に勤しむ学生たち。競争を勝ち抜くためには、自分がいかに使える人間であるか、いかに周りとの違いがあるかということをアピールしなければならない。

けれど、そうして晴れて就職した先で求められるのは、働き蟻であることだけなのだろうか。この屋敷は世間の企業とは違うはずだが、尚子にとっていわば初めての仕事の場であるこの家が、今の尚子の唯一の社会なのだ。

先ほどの暁子の話では、皓紀の下で働くのは尚子でなくてはならなかったというようにも聞こえた。それなのに、皓紀は尚子の記憶などどうでもいいと言う。それでは、尚子が尚子である必要はないはずだ。

「ああ、そうだ。ひとつ大事なことを言い忘れていた」

皓紀は思い出したように付け加える。

「夜中には部屋の外を出歩くなよ。さっきも母が言っていたが、この屋敷は古い。思っている以上に音が響く。だから部屋にいても何かの物音が聞こえやすい。十分気をつけることだ」

わかりました、と頷きながら、尚子には皓紀の言葉の半分も聞き取れていない。混乱した頭が言語を理解することを放棄している。

不可解の連続だった。何もわからなくなってゆく。求められているのか、そうでないのか――人並みに誰かの役に立ちたいという気持ちはあるけれど、この屋敷での仕事で、尚子にしかできないことというものは存在するのだろうか。

規則正しく並んだ虫の卵。そのひとつに収まっていた自分。

こちらの世界と、あちらの世界。平凡な一学生だった日々とは真逆の、非日常的なおかしな生活――それでも、尚子は小さな卵のひとつに過ぎない。どこにいたって、尚子自身の価値が変わることはないのかもしれない。

いつだってまだ見ぬ世界に憧れを抱いていた。今が退屈で、その先に理想的な何かがあるに違いないと信じていた。けれど、突然放り込まれたこの世界で、この先に希望はあるのだろうか。

今の尚子は、何の光も見いだせずに、『主人』の冷たい背中を、ただ見つめている。

帰りたい。無性にそう思った。

けれど、どこへ帰ればいいのかはわからなかった。

第二章　宝来家の人々

息つく間もなく、尚子の宝来家での生活が始まった。

皓紀は朝六時に起床し、軽くシャワーを浴びて七時に朝食。八時には自宅を出て東京の会社に出勤する。帰宅するのは大体夜の八時で、夕食をとった後自室で読書などをして過ごし、夜十一時に風呂に入り就寝する。しかし大体会食などの予定が入っていて、帰りが遅くなることも多く、予定が急に変更されることもままあるため、尚子はいつでも気が抜けない。

尚子は皓紀の世話をするために朝五時に起きて、その日に着るものなどの準備、食事の手配などを行い、皓紀の気分次第で何通りか用意しておいた服や朝食を提供する。着替えも手伝い、髪も整え、文字通り皓紀の身の回りのことすべてを片付けた後、玄関まで見送って朝の仕事はしまいだ。

これらのことを、何も覚えていない尚子はそれまで皓紀の世話をしていた使用人に教わりながら慌ただしく覚えてゆく。手間取る尚子に皓紀は苛立った様子を隠すことはなかったが、怒鳴りつけるなどあからさまに怒ったりはしなかった。

当然これまで人の世話などしてこなかった尚子は、自分にとってほぼ初対面の男性に、ネクタイをしめたりスーツに袖を通させたりと、息遣いさえも感じるほどに近づくことにひどく躊躇いがあった。

宝来皓紀は美しい。その辺を歩いていても滅多に出会えない美形で、人間味を感じないほどに整った顔をしている。

けれど、なまじ整い過ぎているせいでマネキンめいていて、恋人の良樹にさえ感じた異性に対する嫌悪感のようなものは、ふしぎと皓紀には感じなかった。

最初にあった戸惑いも次第に覚えなくてはいけないことの多さに圧倒され、恥ずかしいだの何だのと言っている場合ではなくなり、いつしか尚子は作業に没頭するようになっていた。

そうやって身支度を整え皓紀が出勤した後に尚子は自分の出社の準備を始め、九時には八王子にある『ほうらいケア』に向かって屋敷を出る。

尚子には専用の自動車があり、幸い記憶の中でも大学一年生の夏休みに免許を取っていたので、運転はできた。何しろ山奥にある屋敷なので、車がなければどうしようもない。(本当にふしぎ。私はついこの前まで就活をしていて内定も貰っていなかったっていうのに、今は普通の企業に勤めるのとは違う働き方をしていて……全然違う人生だ)

忙しさの中でふとそんなことを考えながら運転していると、次第に緑ばかりだった景色が賑やかな街並みに変わってゆく。

八王子駅から徒歩五分程度の距離にある雑居ビルの二階に『ほうらいケア』のフロアはあった。隣の従業員用の駐車場に車を停めて、尚子は自身の記憶の中では初めての出勤の一歩を踏み出した。

ビルは最近建て替えたものらしく、こざっぱりとしていて僅かに塗料か何かの化学的なにおいが漂っている。尚子は緊張した体を解そうと、出入り口正面にあるエレベーターは使わずに階段で二階のフロアまで上がった。

自動ドアのガラスに『ほうらいケア八王子支店』と白い文字で書かれており、介護される老人とその家族が可愛らしいタッチのイラストで描かれたポスターが貼られている。廊下から見える事務所の中は五十坪ほどで広々としていて感じがいい。介護用品などのレンタルや販売を行っている事業と聞いているが、アイボリーとピンクで統一された社内は優しい清潔感があり、入りやすそうな雰囲気がある。

何となく事務所を観察していた尚子に、中のスタッフが気づいて立ち上がる。

「真柴さん。真柴さんじゃないの」

自ら外へやって来たのは四十代半ばほどのきびきびとした印象の女性で、当然尚子の記憶にはない人物だ。

「わあ、よかった。無事に来られたのね。さあ、入って！」

「あ、あの……ありがとうございます」

尚子が事務所へ足を踏み入れると、先に来ていた従業員たちは皆揃って歓声を上げる。

「真柴さん、本当に回復したんだ。すごいじゃない！」

「ああ、よかった。ずっと眠ってたなんて信じられないくらい元気そうだわねえ」

中には涙まで浮かべて抱きついてくる従業員もいて、尚子は親しげに接せられるのに戸惑いながらも、彼女らの喜びが伝わってきて面映ゆかった。宝来家の面々の冷たい反応にしか接していなかったために、ようやく本物の人間と出会えたような心地すらした。

「アラ、真柴さん。あなた、髪の毛に蜘蛛の巣みたいなのがついてるよお」

「えっ……、ちょっと、見てきます」

尚子は慌てて洗面所を教えてもらってそこへ駆け込んだ。鏡を見てみると、本当に頭に白い蜘蛛の巣がついている。

（もうやだ……いつの間に……）

あの古い屋敷には本当に蜘蛛が多い。最初に暁子の書斎でも突然目の前に垂れてきて悲鳴を上げたが、最近ではあまりにたくさん見かけるのでそうそう驚かなくなった。

蜘蛛の巣をとってオフィスへ戻ると、皆少し心配そうな顔をして尚子を見ている。今日尚子が来ることは伝えられていたはずだが、やはり本人が実際に現れるまでは半信半疑だったようだ。事故から一年も昏睡状態だった人間が再び現れるとなれば、当然のことかもしれない。

八王子支店は従業員十人ほどの小さな支社で、働いているのは皆正社員だ。社員たちは大体が三十代、四十代で仲がよく、部長以外の全員が女性なので始終和気あいあいとしている。

尚子の会社での仕事は世良の言っていた通り単純な事務作業で、コピーをとったりお茶汲みをしたり、データをエクセルに打ち込むだけの、難しいことは何もないものだった。

「記憶がないんだって？　気の毒にねえ」

会社の面々はすでに尚子の事情を知っていて、親切に仕事を教えてくれる。

聞いてみれば尚子はここに勤めてまだ一年ほどしか経っていなかったらしい。話によると、尚子はそれまでも大体一年ごとに会社を異動させられている。その理由はわからない。

「もう体は元気なの？」

「はい、おかげ様で……。前のことを覚えていないだけなんです」

「でも無理もないんじゃない。あれだけひどい扱い受けてたらさあ」

「おいおい、クビになっても知らないぞ」

「こんな末端も末端の会社の人間が喋ってるようなこと気にするくらいなら、宝来グループもいよいよ終わりよお」

周りはあけすけに会社の愚痴などを捲し立てる。相変わらず誰のことも思い出せないが、常識はずれなことばかり聞かされてきて、屋敷の中の息の詰まるような鬱屈とした空気から束の間解放されたようで、尚子は気の休まるのを感じた。

人の良さそうな部長は、来客のあった後、苦笑しながら「お茶汲みなんかさせてすまないね」と額からにじみ出る汗をハンカチで拭きつつ話しかけてくる。

「真柴さんは優秀な人だから、本当はもっと色々なことをやって欲しいんだけどね。急に呼び出しが来たりすると会社を出なきゃならないし、本当に何の前触れもなかったりするものだから、こんな仕事しか任せられないんだよ」

「はい、そう聞いていましたが……そんなにしょっちゅう呼び出しが来るんですか？」

周りは一斉に頷き、口々に捲し立てる。

「前なんか一度呼び出しがあって、戻ってきたらもう一度、なんてこともあったわよね」

「しかも聞いてみたら、本当にどうでもいいっていうか、わざわざ呼び出すようなことでもない用事でさ。ネクタイを買うときにどの色がいいか聞くだけとか、スーツに染みがついたから今すぐ落としに来い、とか。聞いてるだけで頭に来ちゃうわよねえ」

「まあ、こう言っちゃなんだけど、いじめでしょ、あれは……真柴さんはよく耐えてたと思うよ。文句ひとつ言わずにさあ」

宝来家では聞けなかった話が突然山ほど出てきて、尚子は正直面食らった。あの屋敷における真柴家の厳しい立場については聞いていたつもりだが、やはり現場の声を聞くと生々しいものがある。

客人の差し入れのせんべいや緑茶の湯のみがそれぞれのデスクに配られ小腹を満たしながら、スタッフたちの雑談はますます盛り上がる。部長も久しぶりの尚子の出勤に今日は大目に見ているのか文句も言わない。

「それに、あなたが事故で落ちちゃったっていう話ね。私たち皆、もしかしたら自分で……って思ったのよ、正直」

「自殺、ってことですか」

それを聞いて、尚子はさすがに目を丸くした。想像もしていなかった物騒な言葉に青ざめる。

「まさか、そんなこと……」

「だけど、あなたは何も覚えてないんでしょう。そのときのこと」

尚子は狼狽えながら頷いた。覚えていないも何も、まったく違う記憶があるだけで、まさか自殺したかもしれないなどということは誰にも聞かされていなかった。

「記憶がないのも、自衛本能なんじゃないかなあなんて話してたのよ。だって全部覚えてたら、また同じことしちゃうかもしれないでしょう。だから、真柴さんは自分で自分の記憶を消したのかもしれないわよね」

そのとき、尚子の携帯が鳴り響く。慌てて電話に出ると、噂の張本人の皓紀だった。

『尚子。今すぐに銀座に来い』

「えっ、銀座、ですか……」

『そうだ。電車で来い。有楽町駅で降りて中央改札を出ろ。車はそこにそのまま置いておけ。後で他の者に取りに行かせる』

突然の命令に慌てていると、周りは「早速ね」と言って気の毒そうに尚子を見る。

「病み上がりなんだから、もうちょっとどうにかしてあげればいいのにねえ」

「そうよ。一年も寝たきりだったっていうのに、ひどいわよ」

口々に皓紀への不満が上がるが、今すぐに来い、という指示だったので、尚子は慌てて荷物をまとめる。「すみません、お先に失礼します」と言って会社を飛び出すと、時間はまだ正午にもなっていない。久しぶりの出勤だったはずなのに、僅か数時間足らずで尚子は一日目の会社を終えたのだった。

＊＊＊

有楽町駅に到着すると、黒塗りのロールス・ロイスが待ち受けていて、恭しくドアを開けた運転手に後部座席の皓紀の隣に座らされる。上質な革張りの座席に悠然と腰掛けた皓紀の姿を見て、尚子は思わず顔が赤くなった。

今朝尚子が着せたキートンの濃紺のスーツをまとい、普段は下ろしている前髪を後ろへ撫で付けている皓紀は恐ろしく気品と威厳があり、屋敷で女物の着物を着ているあの妖しげな美しさとはまた違った魅力がある。当然と言えば当然かもしれないが、尚子のこれまでの人生では出会うこともなかった上流階級の人間の醸す洗練された空気に、未だに慣れることができない。

「今日はお前の新しい服を買う」

藪から棒にそう告げられて、尚子は唖然とした。会社の面々に散々皓紀の我が儘な呼び出し内容を聞かされてきたが、今日は尚子のために呼び出したというのか。

ぽかんとしている尚子を見て、皓紀は怪訝な顔をした。

「何を驚いている。俺はお前の主人だ。使用人にはそれなりの服を着てもらわなければ困る。それに、恐らく前のものではサイズが合わないからな」

「あ……、そう、なんですか」

「以前のお前はひどく痩せていた。今の方が丁度いい。だから今のお前のサイズの服を買う。これ以上体重を落とすなよ」

妙な指導に、尚子はただはい、と頷いた。服を買い与えられるなんてとんでもないだとか、畏れ多いだとか、そういった遠慮の言葉すら口にできそうにない威圧感がある。尚子にとって皓紀の命令は絶対で、ただ言われることに従っていればいいだけなのだ。

(でも、私の服を買ってくれるなんて……一応、そういう気遣いはしてくれるんだ)

尚子の記憶などどうでもいいと言っていたので、何でも言うことを聞く人間が側にいればそれでいいのだと思っていた。これが皓紀の優しさなのかどうかはわからないけれど、もっと無茶苦茶な命令を想像していた尚子は少しだけ救われる。

　皓紀は銀座にある様々なブランド店を回り、ただぼうっと突っ立っている尚子に勝手に服を合わせては、あれがいいこれがいいと適当に買ってしまう。尚子の好みなどお構いなしだ。しまいには下着まで店員に頼んでサイズを測ってもらい、大量に購入され、自動車の中は瞬く間に尚子のためのショップバッグでいっぱいになった。

（まあ、好みなんか聞かれたとしても、こんな高いお店で買ったことなんかないし、どうでもいいんだけど……）

　合わせていくらになったのかは恐ろしくて聞けないが、少なくとも十着以上は購入し、皓紀は満足げだ。買い物が好きなのだろうか。普段からあまり衣服には関心のなかった尚子は、着せ替え人形のようにされているだけだったにもかかわらず、ひどく疲れてしまった。

　荷物が増えたせいで広い車内でも自然と二人は寄り添う格好になる。そのとき、尚子は異変に気がついた。皓紀は気のない様子で尚子の髪をひとふさ指に巻き付け、その感触を楽しむようにもてあそんでいるのだ。

（この癖、良樹の……）

　皓紀は明らかに無意識だった。普段いつもこうして尚子の髪に触っていたということだろう。指摘もできず、尚子は真っ赤になって固まっている。良樹のときには特に何も感じなかったのに、皓紀に触れられると僅かに引っ張られる地肌の感覚まで鮮やかに感じてしまい、恥ずかしいやらいたたまれないやらでどうすることもできずにされるがままになっていた。

「さて、昼食にでも行くか。今日は会食の予定は入っていなかったな」

おもむろに髪を解放し、スケジュール帳を捲りながら運転手に確認をすると「はい」と短く返ってくる。皓紀はそれに「ではいつもの所に」と返し、車は迷いなく進んでゆき、駅に近いホテルの地下駐車場へと滑り込んだ。

皓紀はそのまま尚子を伴って最上階のレストランへと向かった。皓紀の顔を見ると、ウェイターではなく支配人が飛んできて、奥の個室へと案内する。夜ならばさぞかし素晴らしい夜景が拝めるだろうという大きな窓があり、尚子は呆然としてその風景を眺めた。興味本位で近くまで歩み寄り、真下を見て足がすくむ。こんな高い階にある場所で食事をしたことなどなかった。

「このレストランは覚えているか。以前も何度か来た」

皓紀の問いかけに、尚子は小さくかぶりを振る。何も覚えていない。

別段落胆した様子もなく、皓紀はウェイターを呼んで勝手に注文してしまう。尚子にも一応メニューは渡されていたが、何も考える暇のないまま、昼食の内容は決まっていた。

一度出て行ったウェイターはすぐにボトルを持って戻ってきて、二人のグラスに黄金色のシャンパンを注ぐ。昼間から……と少し躊躇していると、皓紀はすぐに飲み始めたので、尚子も少しずつグラスを傾ける。

酒は強くも弱くもない。良樹がひどく弱くて、飲み会に行くといつもお守りをさせられたのを思い出す。

記憶の中の自分と現在の自分で様々な違いがあるのは理解してきたが、アルコールにおいては同じようだ。少しシャンパンを飲んでもすぐに酔ってしまうような気配はないので安心した。

前菜は数分も経つと運ばれてきて、皓紀は何も言わずに食べ始める。夏野菜とホタテのジュレは見た目も美しく、食べるのがもったいなくなってしまう。

(これまで居酒屋とかファミレスしか行ってなかったのに……いきなりこんなところで食事するなんて、どうすればいいのかわからないよ)

作法は大丈夫だろうか。間違ったことをしていないだろうか。内心そんな不安を抱えつつ、尚子がようやく前菜を食べ始めた頃、皓紀はなぜか尚子の飲んだグラスをじっと見つめている。何か粗相(そそう)をしたのかと緊張していると、皓紀は意外なことを言った。

「記憶はなくても、化粧をしないのは相変わらずだな」

「え……」

「いや……グラスに何の跡もつかない女は久しぶりに見た、と思っただけだ」

　ほとんど素顔であることを指摘されて、尚子は赤面する。

「す、すみません……私、もう社会人なのに、ちゃんと化粧もしてなくて……」

「構わん。俺は以前も化粧をするなと言っていた」

「えっ」

　思わず声を上げて、先日暁子にうるさいと言われたのを思い出し、慌てて手で口を塞ぐ。

　化粧の件は初耳だった。元々、尚子は化粧が好きではなかったのでしていなかっただけだ。けれど、『こちらの世界』の尚子は、皓紀に命令されたから化粧をしていなかったらしい。一体どうしてなのだろう。

（そういえば、髪を伸ばすのもこの人の命令だったと聞いたけど……）

　皓紀は尚子に自分の世話をさせるだけではなく、個人的なことに関してもあれこれと指示をしていたようである。それが皓紀の趣味なのか、それとも単なる嫌がらせなのかはわからない。

（まるで、恋人みたい）

　ふと、そんなことを思ってしまう。奴隷のような存在のはずなのに、容姿に関してまで口を出すのは、尚子の外見に興味を持っているからではないか。職業上身ぎれいにしているべきという指示ならば化粧をしろと言うはずだし、皓紀の好みはよくわからない。

そう、好みだ——皓紀は個人的な嗜好で尚子の外見を気にかけているようにしか思えなかった。先ほど車内で無意識に髪をいじっていたのも、尚子の長い髪を気に入っているからなのではないか。

「皓紀様は、化粧がお嫌い、なんですか」

「別に。ただ、お前には必要ないと思っただけだ」

それはどういう意味なのだろう。化粧をする価値もないということなのか、化粧をしなくても十分ということなのか。

「そういえば、お前の記憶の中では、まだ学生なんだったか」

はい、と消え入るような声で答える。本当はもう二十五なのに、まだ中身が学生だなんて恥ずかしかった。

皓紀は尚子の顔を見つめ、一瞬、どこか懐かしげに目を細めた。その眼差しに、尚子はどきりとする。

「聞かせろ」

「え？」

「お前が夢で見た話を聞かせろ」

記憶などどうでもいいと言っていたのに、急にどうしたのだろう。これまでのことよりも、尚子が今現在持っている記憶の方に興味があるのだろうか。

唐突な要求に戸惑ったが、皓紀の命令である以上、拒むことはできない。それに、なんだか嬉しかった。皓紀が興味を持ってくれている。そんな風に思うだけで胸が高鳴ってしまう自分は、もうすでに本当の皓紀の奴隷なのかもしれない。

「私は……中岡大学というところに通っていました。一人暮らしで、就職活動中で……四年生の夏なのに、まだひとつも内定を貰っていなくて焦っていました」

「大学四年ということは、二十二か」

「あ、いえ、誕生日が十一月だったので、夏の時点ではまだ二十一です。あの、事故にあったのは夏の記憶で……夢の中では」

皓紀はグラスを傾けながら意外そうな顔をする。

「誕生日は実際のものと同じだったんだな。他に同じものは名前だけか」

「そう、みたいです。家族も、夢の中では兄がいましたが、実際の私は一人っ子だと聞いて、驚きました」

「兄、か……。なぜそんなものが出てきたのか気になるな。お前の夢はお前の願望の現れかと思っていたが、そうでもないのか……」

皓紀なりに尚子の夢の記憶を分析していたのだということに、尚子は内心驚く。これまでの言動から、使用人の内面のことになどまったく関心がないと思っていた。

(私の願望の現れ……？　あんなつまらない、退屈な日常が？)

現実生活ではどうも普通の暮らしとは言い難い日々を送っていたようだから、平凡な日々を求めていた、という可能性もなくはないのかもしれない。

けれど、まだ自分の覚えているあの日々を『夢』だと割り切れていない尚子は、なぜあんな記憶があるのかという、その原因を探ってみようとも思っていなかった。

「あの……実際の私の大学四年生のときって、どういう生活をしていたんでしょうか」

恐る恐る疑問を口にしてみる。皓紀の面差しは常に冷たく、話しかけても無下にされるような気がしてあまり自分から声をかける気にはなれないのだが、今日は少しばかりその表情に柔らかさがあるように見えたのだ。以前勝手に優しさを期待して、手ひどく裏切られた恥ずかしさもまだ生々しく残っている。皓紀のことをよく理解できていない尚子は、下手に話しかけて傷つくことを恐れていた。

(傷つけられたくない……私がそんな風に思うなんて)

どうでもいい相手ならば、尚子はそんなことは思わない。知らず知らずのうちに皓紀に好意を抱いていたことを悟り、やりきれなくなった。冷たくされてばかりいるのに、見た目が綺麗というだけで自分はそんな感情を抱いてしまったのだろうか。なんてくだらない女なんだろう。

尚子の困惑など知らぬ顔で皓紀は少し考え、グラスに残ったシャンパンを飲み干す。呼び鈴を押してウェイターに追加のシャンパンを頼み、新たなグラスを手にすると、また少し考えた。

「お前は……そうだな。相変わらずだった。大学で特筆すべきことは何もない。中学校でも高校でもそうだったように、忠実に俺を監視しているだけだった」

「監視……？　皓紀様を、ですか」

「そうだ。それがお前の役割だった」

皓紀はどこか自嘲気味な笑みを浮かべ、フンと鼻を鳴らす。

「幼い頃はよく共に遊びもしたが、周りに自分の役目というものを教えられてからは、次第にただのお目付役……まあ、監視役になっていった。俺から目を離せば折檻されるのだから当然の成り行きだろう。お前は常に俺の周囲に気を配り、俺を守らねばならなかった」

「そう……だったんですか」

「普通の大学生活を送りたいという願望を夢に見たのかもしれないな。お前の人生は、すでにお前が生まれたときには決まっていた。俺がその年の四月に生まれていたせいでな」

　確かに、普通の学生以上のものが課せられていたらしい尚子にとっては、周りの同年代の学生たちが送る気楽なキャンパスライフなど遠い世界の話だっただろう。目覚めてから別人のようだと言われ、記憶がないのも当然の生活だったと言われ、あまつさえあの事故は自殺だったんじゃないかとまで言われた。我がことながら、他人にそんな風に言われてしまう人生を気の毒に思ってしまう。

　皓紀は尚子の無惨な学生生活を語りながらも淡々としていて、相変わらず感情というものが見受けられない。皓紀にとっては尚子が自分に仕えることが当たり前であり、今は別人のようになってしまった尚子を少し面白がっているというくらいなのだろう。

（いくらこの人に気持ちを寄せたとしても、きっとそれが叶うことなんてないんだ）

　始まったとしても意味のないであろう感情の行方を思い、尚子は息苦しくなる。そもそも、現代ではあり得ないような主人と使用人の関係である以上、見込みなどないことは明らかだった。

　この苛立ちと昂揚（こうよう）の入り交じったような気持ちを覚えるのは初めてのことだ。『あちらの世界』で尚子はもしかすると恋愛などしていなかったのかもしれない。かといって、今のこの感情を恋愛と名付けてしまうことには抵抗があった。

話している間も、前菜の後はスープ、メインディッシュなどが手早く運ばれてくる。このレストランはどうやら皓紀の馴染みのようだが、忙しい客人のために料理を運ぶタイミングを早めにしているらしい。緊張からあまり食の進んでいなかった尚子も、皓紀の食べるスピードが速いので慌てて味もわからず飲み込んでゆく。

皓紀の食事作法は美しかった。音はほとんど立てず流れるように食事をする。早食いのはずなのに優雅な食べ方に尚子は見惚れた。先ほど尚子の髪に触れていた繊細な指先が、今はナイフとフォークを器用に操っている。それが妙に艶かしい。

「恋人はいたのか」

「え……」

牛フィレ肉のポワレを切り分けながら淡々と問いかけられ、最初何を聞かれたのかわからなかった。

「お前の夢の中で、恋人はいたのかと聞いたんだ」

遅れて意味を把握し、露骨な質問に戸惑った。人形のようなこの人にも、そんな俗っぽい興味があるのかと意外に思う。何より、そんなことを聞いてくれたのが嬉しくて、どう答えればいいのか迷ってしまう。

（いたと言った方がいいの？　いないと言った方がいい？）

ただの気まぐれで聞いたのだろうし尚子がどう答えても関係ないのかもしれないが、変に意識してしまう。けれど、こんなことで嘘をついても仕方がない。どうせ夢の話だと思われているのだからと、小さい声で「いました」と答える。

するると、皓紀はふと料理を食べる手を止めて、真顔で尚子を見つめた。

「何という男だ」

「名前……ですか？」

そうだ、と頷くので、なぜ名前など気にするのだろうと訝りながらも、良樹の名を答える。逢沢良樹。尚子と同じ学年で、人が良くて、真面目で——そして少し子どもで、尚子との結婚を夢見ていた、懐かしい恋人。

良樹の名を聞くと、目に見えて皓紀の表情が変わった。それに気づいた尚子は、何かまずいことでも言ってしまったのかと息を呑む。

「あの……皓紀様……」

思わず声をかけるが、皓紀は憤りをこらえ歪んだ顔で尚子をひたと見据えたまま、しばらく絶句している。

「やはり……お前は……」

　そのとき、皓紀の携帯が鳴った。顔を歪めて舌打ちをしながら、不機嫌を露にして電話に出る。

「何だ。……その件はお前に任せると言っただろう。いかなる理由があろうと遅れは許さない。言葉を違えれば次はないと先方に言っておけ」

　人に命令することに慣れた口調。容赦のない言葉に電話の向こうの人物の狼狽ぶりが透けて見えるようで同情する。

　短いやり取りですぐに通話を切った皓紀は、あからさまに機嫌の悪くなった様子で残りの料理を平らげていく。そして尚子の方を見もせずに、事務的に次の予定を告げた。

「お前は今日はこの後病院に行くことになっている。食事が済んだらすぐに向かえ」

「あ……、はい、わかりました」

「優美が向こうにいるだろうから後はあいつに聞くといい」

　さっさと食事を終えた皓紀は、何も言わずに個室を出て行ってしまう。尚子はぽつんと一人で残され、自分の発言の何が悪かったのかと考えていた。

（良樹の名前を聞いて、あの人様子が変わった……まさか、良樹はこの世界にも存在するの……？）

　しかし、名前が同じだからといって、あの良樹と同一人物だとは限らない。しかも、どうやら皓紀にとってあまり都合のいい人物ではないようだ。訊ねられたから答えただけなのに、自分が明らかな失態をしたように思って、尚子は慌てた。

食事を終えて指示通りに病院へ向かう途中、携帯に優美から電話がかかってきて、駅前で車で待っていると伝えられる。

（そうだ、優美さんに聞いてみよう。彼女なら何でも知っているはずだし……）

入院していた頃、尚子に様々な『こちらの世界』のことを教えてくれたのは優美だが、目覚めたばかりで戸惑いの大きかった尚子は皓紀のことについては深く訊ねることができなかった。自分自身の境遇を把握するので精一杯だったのだ。

その後、尚子は駅前で優美と落ち合った。病院で定期検診を受けている間も優美は待ってくれていて、屋敷まで車で送ってくれると言い、尚子はそれに甘えて再び優美の車に乗り込んだ。

「よかったね。何も異常がなくてさ。もう後遺症のことは気にしなくていいと思うけど、問題はやっぱり記憶だよね」

「そうね……どうやったら思い出せるんだろう」

尚子は自然と、優美に対しては気安い口調になっている。優美自身の空気に親しみやすさがあって、いつまでも敬語で喋っていてはかえっておかしいような気がした。それに彼女は、変に『女』という感じがしない。口調はほとんど男性のようだし、尚子の苦手な厚化粧もしていないし、ゴテゴテ飾り立てた服も着ていない。上っ面の同意だけで成り立つ会話はしないいし、話す言葉はいつでも真っ直ぐだ。そんな優美に、尚子は率直でしなやかな人柄を感じ、好感を持っていた。

「私も記憶が一時的になくなった人たちがどうやって回復したのか、ずっと調べてるんだけど、あんまり法則性がないみたいでさ。戻らない人も多いし、中にはあなたよりもずっと若い頃にまで記憶が戻っちゃった人もいるんだよ。母国語を忘れて外国語しか話せなくなっちゃった人もいる。本当に人間の脳ってふしぎだよね」

「外国語？　いきなり喋れるようになっちゃったの」

「いや、記憶がなくなる前に勉強していた言語だったりするらしいんだけど、母国語の方を忘れるなんてヘンだよね。ある一定期間の記憶がすっぽりなくなっていたり、特定の言語を忘れたり……でも、あなたのようにまったく別の記憶とすり替わるっていう例はほとんどないいんじゃないかな」

　優美なりに尚子のことを気にかけて色々調べてくれているらしい。肉親でも友人でもない関係だったようなのに、ここまでしてくれるなんてと尚子は少し泣きそうになった。彼女ならば力になってくれるという確信を改めて持った尚子は、意を決して良樹のことを訊ねた。

「ねえ、優美さん。おかしなこと聞いてもいい」

「何、どうしたの。私に答えられることだったら何でも聞いて」

車は屋敷に近づいてゆく。相変わらずほとんど人の見えないこの辺りの静けさに、どこか別世界へと入ってゆくような空恐ろしいものを感じて、尚子はスーツのブラウスの下に鳥肌を立てる。

「逢沢良樹って人、知ってる？」

「あいざわ、よしき……」

優美はその名前を反芻し、うーんと低く唸る。

「聞いたことあるような気もするけど、かなり昔かも」

「その人のこと、何か知ってるの」

「ええと……確かあなたたちの同級生じゃなかったかな。高校の……」

優美は自信のなさそうな顔で首を傾げている。

「私は二学年上だったからはっきりとは言えないんだけど、何かそんなような名前の子の話を聞いたような気がするんだよね」

「どういう話だったのか覚えてる？」

「多分だけど、その子傷害事件か何かで補導されたんだよ」

　尚子は息を呑む。予想外の情報だった。

「幼稚園から大学までエスカレーター式の金持ち学校だったから、そういうの珍しくて何となく覚えてたんだよね。でも、どうしてその名前は知ってるの？」

「夢の中で……いたの」

「え？」

「私、その人と付き合ってたの。眠っている間の、記憶の中で……」

　優美は束の間、無言になった。運転している横顔には何の表情も浮かんでいない。

　彼女は元々喜怒哀楽を過剰に表現するタイプではないものの、受け答えは常に迅速ではっきりとしている。そんな優美が初めて何かを言い淀む姿を見て、少し不安になった。

　この沈黙がどういう意味なのか、尚子にはわからない。

「そう、だったんだ……それはびっくりだな」

「うん。皓紀様も、なんだか変な反応だったから、気になって」

「皓紀に話したのか」

　その口調によくないものを感じて、尚子の胸はざわついた。

「やっぱり、あんまりよくないことだったかな。皓紀様に、夢の中での恋人の名前を聞かれたから答えただけだったんだけど」

「いや……」

優美は言葉を濁す。

「それは、尚子さんは悪くない。あなたの記憶は……ただの夢なんだから、気にすることないいんだよ」

「そうだと、いいんだけど……」

「夢は、ただの夢なんだ」

弱気になる尚子に、優美は語気を強める。

「願望だとか、反対に否定したいことだとか、夢についてはまだ解明されていないことが多いけど、ひとつ言えることは、それが明確なあなたの意志ではないということだよ。脳の複雑な構造があなたに見せた、あなたの意志とは関係ない、ただ一瞬のもの。だから、夢についてあなたが反省したり、責められたりする必要はまったくない。それだけは覚えておいて」

「うん……わかった」

二人はしばらく沈黙していた。尚子は、恋人の逢沢良樹の名が思わぬ意味を持っていたと知り、動揺を隠せない。

（あちらの世界と、こちらの世界……まったく違うことばかりで、共通しているものは私の名前と誕生日くらいだと思っていたけれど……まさか、良樹の名前までこっちにも存在していたなんて思わなかった）

すべては、尚子が『夢』の中で見ていたこと――そう片付けてしまえれば簡単だが、皓紀の反応はとてもそんな生易しいものではなかった。

（傷害事件を起こした人……だったら、その人は危険な人だったのかもしれない。そんな人物を、私が夢の中で恋人にしていたと知って、あの人はきっと怒ったんだ）

あの態度は、あの表情は、皓紀が怒りを覚えたのだとしか思えなかった。

尚子の記憶の中では、当然良樹が傷害事件を起こした過去などない。良樹は少し子どもで、真面目で、お人好しで――そして尚子のことを一途に思っているだけの、ただの平凡な大学生だった。

「優美さん。そういえば、もうひとつ聞きたいことがあったの」

「うん、何？」

「私が落ちたのってどこからなの」

また一瞬、沈黙が落ちる。突然、なぜこんなことを聞くのかと訝っているのだろう。尚子も、これまでは特に自分が落ちたという場所を見てみたいなどとは思っていなかった。

けれど、『ほうらいケア』の同僚たちの話を聞いて、どうしても気になってしまったのだ。

もしも本当に尚子が自殺を図ったのなら、すぐにそのことを思い出さなくてはいけないような気がする。

「私は現場にいなかったから話に聞いただけだけど……見てみたい？」

「うん。普通は入れないような場所なの？」

「そんなことないと思う。二階のサロンから出たバルコニーだから、特に許可がなくても入れるはずだよ」

優美は宝来家に到着すると、一度車を降りて門のインターフォンを鳴らした。すぐに門は開き、そのまま車を乗り入れて屋敷の前に駐車する。

優美は尚子と共に屋敷に入ると、使用人たちに挨拶をしながら真っ直ぐ二階へ上がってゆく。

「暁子様にご挨拶をしなくてもいいの？」

「今彼女はここにいないから、大丈夫。もしもいたなら、あなたを連れ帰ったことを報告しなきゃいけないけどね」

尚子は暁子のあのふしぎな、奇妙な空気を思い出す。甘ったるい美貌、声、そして気圧されるような威圧感、冷たく整った無機質な容姿――。

（このお屋敷の人たちは皆綺麗。だけど、どこかおかしい……何かが、欠けているみたいな……）

二階の南側の角部屋に広々としたサロンがあり、そこには本棚やビリヤードの台、大きなテレビに様々なゲーム機、ダーツやオセロ、チェスなどのボードゲームもあり、娯楽室のようになっている。

「皓紀も暇なときにはよくここへ来るよ。宝来家に遊びに来たときには、大体ここか、このバルコニーに出て話してたな。あいつは大抵のゲームが上手いんだ。何もかも簡単そうに軽くこなしちゃうんだから、本当に嫌な男だよね」

優美はいかにも皓紀と親しいとわかる悪態をつきながら、サロンの大きな窓を開いてバルコニーへ尚子を誘う。

そこからは霞がかった遠くの山々までもが眺望でき、初秋の爽やかな青い風が吹き抜け、とても心地のいい場所だった。

「ここが、その現場なの」

「そうだよ。確か、真正面の辺りから」

手すりは百六十センチの尚子が手をかけるのに丁度いいくらいの高さだ。けれどこれはよほど勢いよく転ぶか、意図的に乗り越えでもしなければ落ちるとは思えない。たとえば、目眩を覚えて手すりに背中から寄りかかり、そのまま意識を失って——などということも考えられないではないが、条件が揃っていなければ危険があるとは思えない場所だった。

(私は、ここから落ちたんだ……)

尚子は何とも言えない気持ちで景色を眺める。

九月の奥多摩はまだ紅葉には遠く、真夏の燃え立つような青葉が豊かに茂っている。近くに日原川という川があるためか、葉の擦れ合うさやさやという音の微か遠くに水の流れる音が聞こえるような気がする。

「どう、何か思い出した?」

優美は自然に尚子に寄り添い、気遣わしげにその顔を覗き込む。

「ううん、何も……ただ、思ったより高くない」

「ああ、そう思うよね」

優美はバルコニーの下を見下ろす。そこには綺麗に刈り込まれた青々とした芝生がある。

「確かに高さはさほどない。ただ、打ち所が悪かったんだと思う。ここの下はね、尚子さんが落ちたときには石畳だったの。事故があったから芝生になったんだけど、それでもこの高さじゃそこまでひどい怪我はしないと思うよね。私も二階のバルコニーから落ちたって聞いたときは、せいぜい骨折くらいかな、なんて思ってたから」

「それなのに、一年間も起きなかったんだ、私……」

同僚たちは言っていた――尚子が自分で記憶を消したんじゃないか、と。

(それなら、もしかすると、自分の意志で起きなかった……なんてこと、ないか)

まさかね、とふと浮かんだ考えを打ち消す。そんなことが可能なはずはない。

それに、この高さから落ちても死に至るということはあり得ないように思える。もちろん二階から転落して死亡した事例はあるだろうけれど、自殺ならばと考えるとどうだろう。同僚たちは自殺と言っていたけれど、もしも死ぬつもりならもっと高いところから飛び降りようとするのではないだろうか。

「ねえ、優美さん」

ふいに涌き起こった問いを尚子は自然と口にしている。

「私、恋人っていたの？」

優美は驚いた様子だったが、少し記憶を辿るように俯いた後、静かに首を横に振る。

「いや……尚子さんはそういう人はいなかったと思うよ」

そうなんだ、と小さく呟く。皓紀が夢の中の恋人を気にしていたので、もしかしたらこちらでもいたのかもしれないと思っていた。

「もしかすると、好きな人はいたかもしれないけどね。それは私にはわからないから」

「そうだよね。……変なこと聞いてごめんなさい」

聞く前からわかっていたはずだ。尚子はずっと皓紀と共にいなければならない立場だったと聞かされていた。学生時代はクラスまでずっと一緒にされて監視役、そして社会人になった後もしょっちゅう勤め先から呼び出されて自分の時間を持つ暇などなかった。それなのに、恋人ができるわけはないのだ。もしかして夢の中で良樹と付き合っていたのも、人並みな青春を送りたかったという尚子の願望の現れだったのだろうか。

「お前たち……そこで何をしている」

色々と考えを巡らせていたとき、思わぬ声が聞こえてハッと振り向いた。

そこには昼に銀座で別れたはずの皓紀が青ざめた顔で立っている。その緊迫した表情に、尚子は思わず息を呑んだ。良樹の名前を出したときよりもよほど顔色が悪い。

「何、って……尚子さんに事故現場を見せていたんだ」

優美は素知らぬ顔で説明する。

「彼女が見たいと言ったからね。至極もっともなことだと思うよ」

「何のためにだ」

「もしかすると記憶が戻るかもしれないだろ？　彼女なりに頑張っているんだから、そんな顔をしないでよ」

尋常でない表情だったのを指摘されて、皓紀は苦虫を噛み潰したような顔になる。

「余計なことはするなよ、優美。尚子は俺の使用人なんだからな」

「その『使用人』なんていう時代錯誤な呼び方、いい加減やめな。現代じゃ誰もが平等なんだからさ」

「それは違うな」

フンと鼻を鳴らし、皓紀は侮蔑するような眼差しで優美と尚子を交互に眺める。

「現代でも、身分の差は存在する。一億総中流なんて嘘っぱちだ。そんなもの、この国で暮らしていれば誰だって知っていることだろう。世の中には歴然とした格差がある。その現実がある以上、俺はいくらだって言ってやるさ。俺は支配する側で、こいつは支配される側なんだってことを。俺の命令は絶対なんだってことをな」

「皓紀のいいところは、そうやって飾り気なく、自分の本心を口に出してしまえることだよね。ある意味、純真無垢なんだろうな」

優美はにっこりと微笑んで、それでいて目は笑わずに幼なじみをひたと見据える。

「だけど、そろそろ覚えておいた方がいい。お前のその言葉で、失うものは決して少なくないんだっていうことをね——私の言っていることの意味が、わかるだろ」

皓紀の白皙（はくせき）の頬が一瞬で赤く染まる。それは怒りの表情にも見え、今すぐに泣き出してしまいそうな顔にも見えた。そのとき、妙なデジャヴが尚子の頭をよぎる。

（私……この人のこういう顔、前にも見たことがある……？）

けれどそれも束の間のことで、皓紀はすぐに傲然とした態度を取り戻し、尚子の方に歩み寄る。

「尚子、病院はもう行ったんだろう」

「はい、優美さんに送り迎えをしてもらって」

「優美はどうでもいい。俺はお前を連れて行くために戻ってきたんだ。覚えてもらわなければならないことが山ほどあるからな」

「は、はい」

皓紀は尚子の手を掴み、強引に連れて行く。

初めて手を繋がれた——場違いにも胸の高鳴りを覚え恍惚(こうこつ)とするが、ハッと我に返って残された優美の方を振り返る。

尚子は慌てて頭を下げるが、優美は気にしなくてもいいと言うように、微笑んで手を振っている。尚子のために時間をとって送り迎えをしてくれたというのに、ろくにお礼も言えなかったことを後悔した。

（それにしても皓紀様……どうして私がバルコニーにいるのを見たとき、あんなに青ざめ

てたんだろう）

ひどくショックを受けているような顔をしていた。また落ちてしまうとでも思ったのだろうか。尚子の心配などするはずもないと思っていたけれど、やはり事故現場に立っているのを見れば、一年前のことを思い出してゾッとしたのだろうか。

「尚子。俺は、記憶など思い出さなくてもいいと言ったはずだ。忘れたか」

「いいえ……覚えています」

「それならいい。言葉通りの意味だ。記憶のために何かをする必要はない。わかったな」

何をそんなに恐れているのだろうか。

恐れる――そうとしか言いようのない態度だ。思い出す必要はないと言うよりも、まるで思い出すな、と言っているような。

（もしかして……私が思い出したら、皓紀様にとって都合の悪い何かがあるんだろうか）

そんな風に考えると、同僚たちの言っていた『記憶がないのも自衛本能』という言葉がにわかに現実味を帯びてくるような気がする。

（本当に、どうして、私は何も覚えていないんだろう。夢の中で見た記憶があったとしても、目覚めれば以前の記憶がなくなってしまうはずがないのに……）

自分で思い出さないようにしているのだろうか。それは一体、何のためなのだろうか。

皓紀は物思いに沈む尚子の手を強く握りしめている。その指は、ひどく冷たかった。

その氷のような指先に、なぜか尚子の胸は熱くなった。

＊＊＊

尚子はその夜、疲れ果てて皓紀の世話を終えると、寝間着に着替えてすぐにベッドに横になった。

今日は初出勤の後皓紀と緊張しながらランチを食べ、その後優美と病院へ検査に行って、その後は皓紀に着付け教室へ連れて行かれてみっちりと指導を受けたのだ。皓紀は普段着物を着ているので、その着せ方を覚えなくてはならない。女性の着付けも指導され、尚子は一日中気を張っていて心の休まる暇がほとんどなかった。

横になるとすぐに眠りに落ちたものの、何時間眠ったのか、ふと目が覚めた。

時計を見てみると、深夜の二時だ。十一時にベッドに倒れ込んだので、三時間ほど眠った――というよりも、ほとんど横になると同時に意識を失ったので、気を失ったという感覚の方が近い。

起き上がると、ベッドの隅に、小さな蜘蛛が這っている。

「もう……本当にあなたたち、たくさんいるのね」

尚子はいつの間にか、蜘蛛に話しかける癖がついている。この屋敷の人々とはまともに話もしないので、会話に飢えているのかもしれない。

「一体何匹住んでるの？　一族代々このお屋敷にいるのかしら？」

蜘蛛はまるで尚子の話に聞き耳を立てているように、じっとして動かない。尚子は次第に自分のしていることがおかしくなって、伸びをして立ち上がる。

（喉、渇いたな……）

疲れ過ぎると長時間熟睡もできないのか、妙に目が冴えてしまった。夢も見ずにかなり深い睡眠に落ちていたようなので、体も幾分か楽になっている。

尚子は屋敷の人たちを起こさぬよう、足音をひそめて部屋の外へ出た。以前、皓紀に夜中に出歩くなと言われた気がするが、少しくらいなら大丈夫だろう。

キッチンで水を飲んだらすぐに戻るつもりで階段の方へ行くと、ふいに、妙な音が聞こえた気がして足を止める。

（何？　今の音……何かを、叩くみたいな……）

二階の角部屋のドアが薄く開いて、そこから淡い光が漏れている。男の苦しげな呻き声のようなものまで聞こえてきて、尚子は尋常でない状況を予感して震え上がった。

（何だろう。まさか、強盗？　誰かが暴力を振るわれている？）

見に行った方がいいんだろうか。それとも、使用人の誰かを呼んで来るのが先だろうか。だが、もしも自分の勘違いだったら、こんな夜中に騒ぎ立てては迷惑だし恥ずかしい。それに、こんな大きな音がしていれば音の響きやすいこの屋敷ではいずれ他の誰かがやって来るに違いない。

尚子は足音を忍ばせ、恐る恐る灯りの漏れている奥の部屋へ歩み寄る。そこが誰の部屋なのかわからないけれど、何かが起きているのは確かだ。

男の獣のような呻き声はますます大きくなり、何かを叩き付けるような破裂音も激しくなってゆく。

尚子が息を殺してドアの隙間を覗き込んだそのとき、女の甲高い声が上がった。

「この汚らしい豚め！　畜生め！」

その光景に、尚子は目を疑った。

ピンクとアイボリーで統一され、レースやリボンのふんだんにあしらわれた、まるで年端のいかない少女が住んでいるような可愛らしい部屋。

その乙女の夢を閉じ込めたような部屋で、暁子が世良を手にした乗馬用の鞭で激しく叩いている。何度も何度も、優雅な着物の袖をひるがえしながら、白い顔を真っ赤に染めて、口の端から泡を噴きながら、眦をきりきりと狐のように釣り上げて、世良に憎しみをぶつけるように鞭を振るっている。

(何……これ……)

尚子は茫然自失となり、ただ棒を呑んだように立ち尽くしている。世良はなんと一糸まとわぬ全裸だった。きっちりと着物を着込んだ女に虐げられる、生まれたままの姿で四つん這いになっている男。その背中や尻には幾筋もの赤い鞭の痕が残り、女の弱い力といえど、もう少しで皮膚が裂け、出血してしまうのではないかと思われた。

「ああ汚い！　なんて臭いにおいなんだろう。お前は本当に役立たずで、のろまで、価値のない汚い豚なのよ！」

「ああ……暁子様、お許しください」

「許さない！　許さないわ！　お前は男であるというだけで恐ろしい罪を犯している！　あたしの鞭を受け続けなければいけないのよ！」

(これは一体……何なの)

尚子は口元を固く押さえ、石になったように動けない。

暁子は明らかな興奮状態で、時折異常な痙攣がその小さな体を震わせている。逆上した顔は般若のようで、平素の花の如き美貌は見る影もなかった。

「男は汚い！　男は汚い！　臭くて野蛮でおぞましい、いやらしい生き物だ！」

晩子は金切り声で叫んだかと思うと、突然ぐうっと仰け反って、手にした鞭をぽとりと落とす。それに気づいた世良は慌てて飛び起き、落ちた鞭を取り上げて、弓なりに背を反らしたまま歯を食いしばった暁子の口へと鞭の柄を無理矢理押し込んだ。

暁子は硬直したまま、動かない。目を見開き、鞭の柄を噛み締めて、凍りついたように固まってしまっている。

世良は慣れた様子で彼女を傍らのベッドへ横たえる。そのとき、世良の股間で膨張したものを見て、尚子はもう少しで声を上げそうになった。この真面目な家令は、女主人に鞭打たれて興奮していたのだ。

凍りつくような戦慄が背筋を駆け抜ける。おかしい。この人たちはおかしい。

一刻も早く、部屋へ戻らなければ。口元を押さえる手は震えが止まらず、ひんやりと冷えた闇夜の暗がりで、尚子は冷たい汗をかいている。

そういえば先ほどから暁子は大騒ぎしていたというのに、誰も起きて来ないのが奇妙だった。あんな金切り声を上げていれば、近くの部屋くらいには聞こえそうなものなのに。

足をもつれさせながら必死で自室へ向かっていると、ドアの前に、誰かが立っている。

ハッとして立ち止まり、暗がりの奥に目を凝らすと、宵闇に浮かぶ白い顔は就寝しているはずの、浴衣姿の皓紀だった。

瞠目したまま動けずにいると、尚子の部屋のドアを開き、中へ入るように顎をしゃくってくる。皓紀に見つかってしまっては逃げ出すわけにもいかないので、尚子は怯えながら部屋へ入り、皓紀も後に続いて中からドアを閉めた。

「何をしていた。こんな真夜中に」

立ち尽くす尚子に、静かな声が問う。それは尚子とて皓紀に訊ねたいことだったが、恐らく皓紀もあの暁子の叫び声を聞いて起きたのだろう。

干上がったように乾いた口を震わせながら、尚子はしきりに瞬きをした。

「夜中には出歩くなと言っただろう。忘れたのか」

尚子は小刻みにかぶりを振った。そういえば、皓紀は前にも「忘れたのか」という訊ね方をした気がする。記憶喪失の尚子はひどく忘れっぽい女のように思われているのか。

「あの、あの。私、喉が渇いて。水を、飲もうと思って、部屋を出て」

「それで？　なぜあの部屋の前にいた」

その質問で、尚子は気づいた。皓紀にはすでにわかっているのだ。尚子が何を見てしまったのかを。

「おかしな、音が聞こえたので。ど、泥棒かと、思って。誰かが、暴力を、振るわれているのかと」

何度もつかえながら答える。それをじっと見つめていた皓紀は、ふう、と重いため息をついて、肩から力を抜いた。

「それで、見に行ってしまったんだな……あの部屋を」

尚子はかくかくと頷いた。

未だに、自分の目が見たものが信じられない。一体あれは、何だったのだろうか。あんなにすごい声で叫んでいたら、もしも部屋にいたとしても、尚子には聞こえていただろう。それなのに、誰も起きて来なかった。そのことがふしぎで仕方がない。

皓紀は腕組みをして沈思している。やがて、覚悟を決めたような顔で尚子を見ると、憂鬱な目をして小さくかぶりを振った。

「いつまでも隠しおおせるとは思っていなかったが……まさかこんなに早くにばれてしまうとはな」

(隠しおおせる……?)

もしかすると、「夜中に出歩くな」と言ったのは、尚子にあの光景を目撃されないためだったのだろうか。

「あ、あれは、一体……暁子様は、どうしてあんなことを……」

「母は病気だ」

吐き捨てるように皓紀は断言する。

「あの人は男を憎んでいる。心を病むほどにな。死んだ夫――つまり俺の父が、ひどい男だったからだ」

「皓紀様の、お父様が……？」

確か皓紀の父親は、尚子の父親と共に事故で亡くなったのではなかったか。

「父は常軌を逸したサディストだった。母は父と結婚してから、その仕打ちに精神が壊れてしまったらしい。父が亡くなってからは時折あしてひどい発作を起こし、世良を鞭打つ。そうすることでようやく均衡を保っている状態だ」

皓紀は淡々と説明するが、尚子はまるで理解できない。皓紀の父がサディストだったということは、生前は彼が暁子を鞭打っていたのだろうか。そして、夫を亡くした後は、暁子が世良を鞭打つようになった――その病んだ連鎖を、どうして誰も止められないのだろうか。

「あ、暁子様がご病気なら、病院には……」

「宝来家は代々鷺坂家の医師が主治医となって治療を任せている。発作が起きたときの薬も処方されている」

「それなら、どうしてあんなことに……そのお薬をお飲みになれば、発作が治まるのではないんですか」

「母の面倒は世良に任せている。あの男の判断でひどい発作のときには使うようにしているのだろう」

さっきのあれがひどい発作でなくて何だというのだろう。けれど、世良の体に起きていた変化を思えば、あえて薬を使わずにいた理由もわかるような気がして、尚子は何も言えずに黙り込んだ。

(――気持ち悪い)

こらえ切れない不快な感情がとめどなくあふれ出す。

気持ち悪い。気持ち悪い。気持ち悪い――異常だ、おかしい。どうしてあんなことをされて興奮しているんだろう。そして息子もこの事実を把握し、容認している。性的なことに嫌悪感を持つ潔癖な尚子には耐えられない。

尚子の沈黙を不安ととったのか、皓紀は慰めるように少し柔らかな口調になる。

「安心しろ。母が憎いのは男だけだ。お前に害はない」

「男だけ……?」

「お前は、常々疑問に思っていたんじゃないか? なぜ俺が女物の着物を着ているのかと」

　あっと声を上げそうになって、手で口を塞ぐ。女物の着物を着ていたのは皓紀白身の趣味などではなく、もしかすると母親のためだったというのだろうか。

「母は俺が生まれたときから女の着物を着せていた。息子ということが耐えられず、見た目だけでも女のように見せたかったらしい。男は皆、父のようなサディストになってしまうと思っていたのかもしれないな」

「じゃあ、今でも皓紀様が女性の着物を着ているのは……」

「そうしないとたちまち発作を起こすからだ」

　皓紀はため息とともに吐き出す。

「どう見ても女には見えないほど成長したというのに、着物だけはこれまで通り女物を着ないと母はおかしくなる。まあ、屋敷の中だけのことだし、俺も昔からずっと着ていて慣れているから気にならない。お前も慣れているはずだったが……記憶がないんじゃ、さぞかし驚いたろうと思ってな」

「でも、それならなぜ、三紀彦様は……」

「フン、三紀彦のことか」

　皓紀はいかにも馬鹿にした口調で弟の名を呼ぶ。兄弟仲はかなり悪そうだ。

「あいつの顔は父に似ているんだそうだ。母は三紀彦を一度も自分の手で育てたことはない。顔を見るのも嫌だと言ってな。思えば気の毒な奴だよ」

思わず、そんな、と尚子は絶句する。

いくら憎い夫と似ているといっても、自分の腹を痛めて産んだ子ではないのか。病気では仕方ないのかもしれないが、尚子は内心、あれだけ嫌悪していた三紀彦に同情した。

「ああ、そうだ。三紀彦の話が出たからついでに忠告しておくが」

皓紀は冷たい目をして続ける。

「さっきのように夜中に出歩くのはやめておけ。これを言うのは二度目だが……その理由をはっきりと教える。ひとつは、先ほどのような母の発作を見て見ぬ振りをしろということ。ふたつ目は、三紀彦に見つかれば危ないことになるからだ」

「三紀彦様に……？」

忠告の内容に三紀彦が加わったことに、尚子は更に不安を募らせる。

「夜中に、何かされているんですか」

「あいつは屋敷に勤めている女のほとんどと関係を持っている」

何でもないことのように、皓紀はあっさりとそう口にする。

「外出したまま屋敷に帰らないことも多いが、戻れば夜は誰かの部屋に行くはずだ。あいつは自分の欲望を制御できない。その途中でもしもお前に出会えば、あいつはよからぬ気を起こすだろう」

次々に明らかになる異常な事情に、尚子は唖然としていた。

優美からも皓紀からも、三紀彦には気をつけろと言われていたが、すでに屋敷の女のほとんどと関係を持っているなどということは予想もしていなかった。

暁子のことといい、三紀彦のことといい、これまで知らずにいた屋敷の秘密が露になっていくにつれて、尚子は追い詰められていくような心地を覚える。ここは危険な場所なのだ——特に、夜の間は。

「この屋敷にいる者たちは、すべて事情を把握した上で素知らぬ振りをしている。お前もそうするんだな。騒ぎ立ててもいいことは何もない」

「わ、私は、騒ぎ立てたりなんか……」

「そうか？」

皓紀は尚子を疑るように観察する。

「今にも警察に駆け込みそうな顔をしていたぞ」

激しい嫌悪感を見抜かれて、尚子は真っ赤になった。

「そ、そんなことはしません……。でも、どうして屋敷の人たちは、その、大人しく黙っているんですか」

「どうしてか……知りたいか？」

皓紀は意味深な口ぶりで微笑んでみせる。

「ここで働いている連中はな……警察に行けるような身分じゃないんだよ」

「え……？」

「お前と同じだ。親、もしくは本人がうちに借金がある。それか、何らかの理由で追われている。ここから出られない奴らばかりさ」

（そんな……）

衝撃に、尚子は相づちも打てない。そんな人間ばかりがここにいたのか。だから誰もがひどい扱いを受けてもじっと耐えているのか。

「父も母も弟も、普通じゃ扱えないような人間だ。到底給料に見合わないと皆逃げ出すだろう。だから、うちには逃げ出せないような人間ばかりが雇われる。もちろん、会社は別だ。屋敷の中だけの話でな……ああ、だが世良だけは違う。あいつはうちの親戚筋の家でな。母に一目惚れしてどうかお仕えさせてくださいと自らやって来た。おかしな男だ」

世良は皓紀の親戚だった。その意外な事実に尚子は目を丸くした。

（それで、まだ若いのに使用人を束ねる立場だったのね）

それに、先ほどの胸の悪くなるような光景も理解できる。世良は暁子に好意を持っているからこそ、自ら進んで鞭打たれているのだ。もしかすると、それがこの屋敷での彼の最高の喜びなのかもしれない――。

皓紀は強張った尚子の顔をじっと見つめ、美しい目を細める。

「尚子。お前は他に家族もいない天涯孤独な身の上だ。ここを追い出されたら、行くあてなどどこにもない。それを自覚して、お前も大人しくしていることだ」

その言葉に、尚子は現実を突きつけられたような気持ちになった。

天涯孤独――『こちらの世界』に尚子の家族はすでに一人もいない。わかっていたはずのことなのに、現実感が湧かないせいで、忘れかけていた。

尚子は未だに、自分の記憶を捨て切れずにいる。いつか目が覚めて、『あちらの世界』に戻れるのではないかという期待がまだ僅かに存在しているのだ。

（ここでは、私の味方になってくれる人は、誰もいない）

一瞬、皓紀が自分を守ってくれるのではないかと錯覚したこともあった。けれどこんな異常なことを黙認しろと強要してくるような男が、尚子を庇ってくれるはずはない。こうして忠告してくれるだけでも優しいのかもしれないが、それは要するに「面倒を起こすな」と言っているに過ぎない。

尚子の皓紀に対する感情は、水のように様々に形を変える。怖いと思ったり、ときめいたり、不愉快に思ったり、軽蔑したり――。それは皓紀自身が様々な顔を見せるからだ。普段は冷淡で尚子のことなどどうでもいいとはっきりと言うくせに、時折執着するような口ぶりだったり、ふと優しい顔も見せたりする。そしてその直後に冷酷になったりと、尚子はその度に振り回される。

ここでいざというときに頼りにできるのは、優美だけだ。尚子はそう思った。

「暁子様や三紀彦様のこと、優美さんも知っているんですか」

「当たり前だ」

皓紀はフンと鼻で嗤い、肩を竦める。

「言っただろう。鷺坂家は代々宝来家の主治医をしていると。あいつの親父はほぼ引退しているからな。今この家を診ているのは優美だ。まあ、主治医なんぞという肩書きを抜きにしても、一応幼なじみというやつだからな。外の人間でこの家のことをあれほど知っているのは優美くらいのものだろう」

ああそれに、とついでのように付け加える。

「確か以前、優美は三紀彦と関係を持っていたはずだ。すぐに終わってしまったらしいがな。どちらも別に本気の様子ではなかったが」

尚子は愕然とした。三紀彦が屋敷の女たちと関係を持っていたということよりも、優美とのことの方に衝撃を受けた。尚子の中で優美は女性というよりも男性に近いような、ふしぎな存在となっていたからだ。

何だか裏切られたような、騙されたような、奇妙な感情を覚える。失望、というのだろうか。

ずっと自分に優しくしてくれた優美に、尚子は知らず知らず、依存に近い信頼を寄せていたらしい。そうでなければ、こんな風に落胆はしないはずだ。

「そんなに驚いたか？　優美があんな奴と関係があったということが」

皓紀はショックを受けた尚子をいかにも面白そうに観察している。

「お前はよほど優美がお気に入りのようだが、あいつだってお前に話していないことは山ほどある。誰かを信用しきるのはやめておけ。特に、お前はお前自身すら信用ならないんだからな」

確かに皓紀の言う通りだった。尚子は、自分の記憶すら信じられるものではない。かといって、誰も信じるなと言われてしまえば、どうしたらいいのかわからなくなってしまう。

「でも……それじゃ、私はどうすれば」

「無用なトラブルに巻き込まれたくなければ、お前は今まで通り、俺の側にいればいい。

ずっとそうしてきたのだし、それが最もお前にとって安全な環境なのだからな」

皓紀はそう言うや否や、下を向いたままの尚子の顎を取って強引に上向かせた。

月明かりに照らされた蒼白く澄んだその美貌に、尚子は覚えずどきりとする。

「俺が、守ってやるよ」

「え……？」

「俺の言うことを聞いていればいい。お前は何も考えなくていい。記憶など、なくても構わない……いいな」

低い声で囁かれ、尚子は操られるように微かに頷いている。

心の奥まで覗き込んでくるようなその目から、視線を外せない。有無を言わさぬこの眼差しの強さを、尚子は知っている気がする。皓紀の様々な表情を見る度に、尚子の頭に既視感が閃く。けれど、それでも尚子は何も思い出さない。蘇りかける記憶はすべて、その全貌を見せる前に淡雪のように溶けてゆく。

皓紀は、いつの間にかいなくなっていた。尚子は皓紀に顎を持ち上げられた体勢のまま、一人で部屋に佇んでいる。

ようやく我に返ると、半ば呆然としてベッドに倒れ込んだ。先ほど見た光景の衝撃も冷めやらぬまま、あれこれと様々な情報を明かされて、混乱している。そして、皓紀のあの

強い眼差しが、目を閉じれば目の前に鮮やかに浮かんでくる。

（皓紀様の側にいることが、最も安全……？　本当に、そうなんだろうか）

暁子も、三紀彦も、亡き皓紀の父も、そしてもしかすると優美も、尋常ではない。そして、屋敷で働く人々も——。

けれどこんな屋敷の中で、果たして皓紀だけが正常であると言えるのだろうか。自らのことには何も言及していないだけで、皓紀にも何か秘密があるのではないか。そしてそれが、尚子の記憶がなくなっていることと関係しているのではないか——そんな風に思えて、尚子はどこにも逃げ場がないような、じわじわと首を絞められていくような恐ろしさを覚えた。

気づけば、枕元に、また蜘蛛がいる。もう気にも留めないほど日常の一部になっているが、その蜘蛛の目が優しく尚子をいたわるように見ているように思えて、さすがにこれは病的だと目を閉じる。

（とにかく……今は、早く休まなくちゃ。明日も、朝から忙しいんだから……）

そう自分に言い聞かせて、はたと尚子は疑問に思う。なぜ、この屋敷の生活を受け入れているのだろう。いつからこんな風に日常のこととして考えるようになったのだろう。

尚子はすでに屋敷の一部になりかけている。この生活に違和感を覚えなくなっている。

けれどここでは皓紀の言っていたことが真実なのだ。ここを出れば尚子に行き場はない。それがわかっている以上、尚子は明日も働くために横にならなくてはいけないのだ。

しかし眠ろうとすればあの衝撃的な暁子と世良の光景が瞼の裏にのぼってきて、悪夢でも見そうな悪寒に襲われる。暁子の異様に釣り上がった目と、世良の苦痛と快楽に歪んだ浅ましい顔が尚子の体を震わせる。

皓紀は「いつまでも隠しおおせるとは思っていなかったが」と言っていた。尚子が目覚めてリハビリを終え、屋敷に戻ってきてからまだ日が浅い。こんな異常なことが日々起きている屋敷だと知っていれば、きっと入院中に隙を見て逃げ出してしまっていただろう。

(優美さんも、この屋敷が普通じゃないことを知っていた……それなのに、こんなことは教えてくれなかった。優美さんだけじゃなくて、周りの誰もが……私に屋敷の秘密を隠そうとしていたんだ)

以前の自分がこんな環境の中で平気な顔で『冷静沈着』などと言われて暮らしていたことが信じられない。やはり、自分とこの屋敷にいた『真柴尚子』は別人なのではないか。

そんなことを考えながらいつしか眠りについていたせいか、その夜、尚子は奇妙な夢を見た。

それは、バイク事故で昏睡状態に陥った尚子を、人知れず、世良が屋敷に運び込むという夢である。元々、ここに存在していた尚子と、退屈な大学生活を送っていた尚子とは別人で、偶然、顔も名前も同じ尚子が運び込まれた病院で、たまたま同じ病院にいた世良がそのことを知り、眠っている尚子を病院からさらってしまうのだ。

ここで暮らしていた尚子は実はとっくに死んでいるのに、皓紀はそのことを認めようとせず、心を病んでいた。世良は皓紀のために、尚子が生き返ったように見せるため、赤の他人である『真柴尚子』を使い、本物となりかわらせてしまうのである。

つまり、尚子の記憶は正しかった。宝来家が組織ぐるみで尚子を騙し、病院まで抱き込んで、尚子にあなたは記憶喪失である、今の記憶は夢の中で見たもので現実ではない、と思い込ませていたのだ。

そのあまりにリアリティのある夢に、尚子は起きた後もしばらく、これが真実なのではないか、と思ってしまったほどだった。けれど冷静に考えてみれば、顔も名前も同じなどということはあり得ないし、戦後の混乱のどさくさに紛れてという状況でもなし、現代の法治国家で病院から人をさらって替え玉にするなどということは不可能に近いだろう。

それでも、このあまりに生々しい夢は、尚子の中に深く根ざしてしまう。この屋敷の奇妙さを発見していくほどに、尚子は以前の記憶などというものを否定したい衝動に駆られてしまうのだ。

なぜなら、尚子の夢の記憶の方がよっぽど現実的だからだ。
この屋敷で起きていることの方が、ずっと夢のように怪しく、現実味がないのだから。

第三章　豹変

（ああ、気持ち悪い。気持ち悪い――）

　暁子と世良の一件を目撃し、皓紀にその理由や三紀彦のことを聞かされて以来、尚子の中の嫌悪感は日増しに大きくなる一方だ。

　これまでは宝来家へのもやもやとした不安や戸惑い、皓紀の冷淡さに対する恐れしか感じてこなかった。けれどその爛（ただ）れた秘密を垣間見てしまってから、尚子の生来の潔癖な心が、この屋敷の人々を受け付けないようになってしまった。

（ううん、きっと『以前の』私だったら、こんなことは感じていなかったはず。それこそ、生まれたときからずっとこの屋敷で暮らしていたんだから、日常の一部になっていたはずなんだ）

知らずにいた方が幸せだった。けれど、今はもう知らなかった頃には戻れない。

屋敷にいるときは警戒して神経を尖らせているせいか、特に夜の雑音が気になり始めた。暁子はあの夜以降も度々発作を起こし、世良を鞭打つ音と聞くに堪えない男への罵倒が静まり返った真夜中の屋敷中に響き渡る。そして、三紀彦の行状も次第に尚子の耳に届くようになってきた。

ある晩、尚子の部屋の隣に三紀彦が誰かを連れ込んだらしく、延々とおぞましい喘ぎ声を聞く羽目になった。翌朝、昨夜何をしていたのか明らかな乱れ切った姿で屋敷の中を闊歩している三紀彦を、誰もがまったく気にせずに通り過ぎていた。けれど尚子だけはどうしても不快感が拭えず、素知らぬ顔はできずに目を逸らしてしまい、それが面白かったのか、その日以来三紀彦は尚子の部屋の近くで行為に及ぶようになってしまった。

優美が来ても以前のようには心を開くことができず、どうしても他人行儀に接してしまう。会社の同僚だって記憶がない今ではほとんど他人で、屋敷のことを相談できるような相手ではない。

誰にも悩みを打ち明けられず、ひたすら内側に溜め込んでいくだけの日々は、ひどく息苦しい。尚子の中はどこにもぶつけようのない怒りで満ちていた。この状況に甘んじなければいけない自分を最も嫌悪していた。

皓紀は相変わらず平気で勤務中の尚子を呼び出し、屋敷にものを取りに行かせたり、今日は別邸に泊まるからとその部屋を掃除させたり、買い物に付き合わせるだけのことはしょっちゅうだし、作法や行儀見習いの予定を突然入れたりして、尚子が無事に会社勤めを終えられる日は一日もなかった。

（それでも、確かに皓紀様の側にいればいちばん安全かもしれない……）

皓紀は冷淡だが性的ないやらしさで尚子を煩わせることはない。その人形のような顔には人間らしい欲があるのかすら疑わしく、ただ尚子に対してはだんだん我が儘に拍車がかかっていくようで、その点だけは苦痛を感じるものの、始終警戒をしなければならない屋敷よりはよほどましだった。ふしぎなことに、尚子の鬱屈した日常の中で、皓紀と過ごす時間だけが、救いとなっていたのだ。

それに、ほんの少しではあるが、皓紀に優しさが見え隠れするようになってきたと尚子は感じている。常に冷たい態度なのはいつものことだが、節々に、尚子への気遣いがうかがえるのだ。

「尚子、今日の病院の検査はどうだった」

病院へ定期検診に行った日の夜は、必ずこうして訊ねてくる。問題がないことを伝えると、表情の乏しい中にも安堵した色を浮かべ、「そうか」と少しだけ微笑んでくれる。

「記憶はどうでもいいと以前も言ったが、体の方は心配だ。何より、頭のことだからな。またいつ突然倒れて、今度は二年間眠りにつく、なんてことがあったらたまらない」

と、皓紀にしては珍しく冗談めいたことまで言うので、尚子も自然と表情が緩む。

「大丈夫ですよ、皓紀様。お医者様も、体や脳はまったく問題がないと仰ってくださっていますから」

「そうか。……あとは痩せないようにしろ。以前のお前は見ていて不安になるほど細かったからな」

「わかりました。太るのはいいんですか？」

「別にいい。お前の体質じゃどうせ肉はつかない。昔から細身だった」

こんな風に普通のやり取りをしていることがおかしかった。前は少し口をきくだけでも緊張していたというのに、いつから打ち解けたのか覚えていない。

そういえば逢沢良樹のことも、あれ以来まったく話題に出ない。あの動揺のわけを知りたかったが、口にすればせっかく和んできたこの空気が壊れてしまいそうで、黙っている。

こうしているうちに、少しずつ、尚子の中で、皓紀に対する苦手意識は薄れ始めている。最初は違和感だらけだったこの仕事も次第に日常になり、記憶はなくとも尚子はこの世界に馴染み始めていた。

この屋敷は不快で耐え難い。けれどいずれ彼らの所業にも慣れるのかもしれない。こんなことに慣れたくはないのだが、ここで暮らす以上、いつまでも激しい嫌悪を覚えていては立ち行かない。

それにこのまま皓紀に自然に仕えられるようになれば、記憶も自然と戻ってゆくのかもしれない――そんな風に思っていた。

けれど、事件は突然やって来た。

尚子が皓紀の言いつけで何冊かの本を買って屋敷に戻ってきたそのとき、珍しくまだ日が落ち切らないうちに三紀彦が帰ってきていたのだ。

「おう。尚子じゃねえか」

「三紀彦様……」

玄関を入ってすぐの広々としたホールで話しかけられれば、知らぬ振りもできず、立ち止まらざるを得ない。尚子は頭を下げ、さり気なくその横を通り過ぎようとする。

けれど出し抜けに三紀彦は尚子の腕を摑み、「おいおい、冷てえな」などと言って引き止める。近づくとひどい酒のにおいがした。恐らく昼間からずっと飲んでいたのだろう。

三紀彦は皓紀の三歳年下でまだ学生だ。今年はそれこそ就職活動で忙しいはずだが、卒業後は宝来グループのどこかに就職することが決まっているのだろうし、そんなことは関係ないのだろう。尚子は思わず、記憶の中の鬱屈した就活の日々を思い出し、うんざりした。

三紀彦は尚子の顔をじろじろと眺めながら、口元にはいつものみだらな笑みを浮かべている。

「お前さ、記憶、どうなってんの？　まだ戻んねえの？」

「あ……、は、はい。申し訳ございません」

「いやあ、別に謝んなくていいけどさあ。なーんで忘れちまったのかなあとか思ってよ」

もしかすると、三紀彦は何かを知っているのだろうか。ふと、そんな疑問が頭をよぎるが、それを訊ねる気にはなれない。このまま会話を続けることすら苦痛だ。

「申し訳ありません、皓紀様のご用事がありますので……」

そう言って逃げようとすると、三紀彦は突然不機嫌になり、強かに舌打ちをした。

「皓紀、皓紀ってよお。記憶がなくても、お前昔のまんまじゃねえか」

「え……？」

「どいつもこいつも皓紀、皓紀……あんなオカマ野郎のどこがいいってんだよお」

今日は相当酔っているようだ。三紀彦の虫の居所が悪いのを皆悟っているのか、誰も尚子に助け船を出してはくれず、遠巻きに眺めているだけだ。捕まってしまった尚子が馬鹿だったのだろう。

「申し訳ありません、本当に急いでおりますので……失礼します」

「おい、待てって」

背中を向けると、三紀彦は逃がすまいとして後ろから抱きついてきた。アルコールのにおいと男の濃い体臭、そして生温かい呼気を首筋に感じ、尚子はゾッと全身の肌を粟立たせた。

(気持ち悪い!)

今すぐにでもがむしゃらに暴れて三紀彦を突き飛ばしたい衝動に駆られるが、宝来家の屋敷でそんなことをしてしまえば、責められるのは尚子の方だろう。すでにその程度はわかるほどに、尚子はこの場所の異常性を理解していた。

「や、やめてください、三紀彦様」

「何だよお。女のいーいにおいさせちゃってさあ。お前、どうせ兄貴の女なんだろ?」

兄貴の女——一瞬、どういう意味かと混乱するが、それが男女の関係を指していることに遅れて気づき、尚子は必死で否定する。

「違います! 皓紀様はそんなことなさいません!」

「ハア? 俺と違って誠実だって? そりゃあそうだよなあ。誠実過ぎて、あいつはお前の周りの男、ぜーんぶ遠ざけてきたんだもんなあ」

（何それ……一体どういうこと？）

その言葉に思わず思考停止し、硬直する。三紀彦はそれをどう思ったか、猫撫で声で尚子の耳の中に湿った声を注ぎ込む。

「なあ、あんなむっつりスケベやめておけよ……俺なら今すぐにイイ気持ちにさせてやんよ……」

突然スーツの上から胸を鷲摑みにされて、尚子は悲鳴を上げた。

何が起きたのかわからなかった。尚子の胸を、男の硬い大きな手の平が好き放題にもてあそんでいる。三紀彦は尚子の乳房を揉みしだきながら、下卑た笑いを浮かべた。

「おっ。結構デカイじゃねえか。へへっ、お前着痩せすんのか？　こんなもん隠してやがって、いやらしい女だぜ」

「やめて！　やめてください！」

尚子はもうここがどこであるかも失念し、無我夢中になって抗った。頭が真っ白になり、目の前が真っ暗になって、ただおぞましい怪物から逃れようともがくのに必死で、声を限りに叫んだ。

「やめてーっ」

「うるせえ！　ブスのくせに気取ってんじゃねえよ！」

三紀彦の恫喝に、尚子はびくりと震え上がる。

「どうせお前なんか、俺が相手してやんなきゃ一生男も知らねえで死ぬんだ。ありがたく思え！」

「いや……いやっ、いやあ！」

三紀彦は尚子を引きずって近くの部屋に連れ込もうとしている。そんな場所に閉じ込められたら、もうおしまいだ。

「やめて、助けて！　誰か助けてえ！」

必死で叫んでいると、奥で大きな音を立ててどこかの部屋の扉が開いた。そして誰かがつかつかと足早に歩く音がして、尚子よりも先にその気配を察知した三紀彦が、酔っているとは思えぬ素早さで尚子から離れる。

「うるさいよ！　騒ぐんじゃない！」

奥から飛び出してきた顔面蒼白の暁子は異常に目の釣り上がった顔をして、尚子を親の敵のように睨みつけた。

「まあ小娘みたいにキイキイキイキイ……頭がおかしくなりそうだわ！　誰かこの人を叩き出して頂戴！」

すると、騒ぎを察知して世良が二階から駆けつけてくる。暁子が発作を起こす寸前なのを見て取ったのか、女主人をなだめすかしながら書斎へと連れ戻す。

　暁子の罵倒にショックを受けた尚子は、抵抗も忘れて凍りついている。

「あーあ。萎えちまった。ブスがいっちょまえに喚きやがるからよう」

　三紀彦はすっかりやる気をなくしたように、ブラブラと階段を上がって行く。

　周りの使用人たちも、眉をひそめて残された尚子を見ている。屋敷の女たちは皆三紀彦を黙って受け入れていると聞いた。こんな風に拒絶して大騒ぎをするのは、尚子だけなのだ。何を大げさに……うるさく騒ぎ立てて奥様を刺激して……そんな声が聞こえてくるようで、尚子は慄然として自身の体を抱き締めた。

　ギリギリで耐えていたものが砕けた。

　それはとうに尚子の許容量を超えていたのに、尚子自身が気づいていなかったのだ。

　無意識のうちに屋敷の中に皓紀の姿を探してしまう。そうだ、彼の側にいたからこそ自分は安全だったのだ。ひとたび離れてしまえば、尚子は危険に晒される。今、ここには自分を守ってくれる人は誰もいない。周りのすべてが尚子を拒絶し、攻撃する。今の尚子は完全なる『異物』なのだ。

　尚子は獣のように叫んだ。何もかも嫌になって、泣きながら屋敷を飛び出した。

（もう嫌！　もう嫌！）

外は冷たい雨が降っている。穢れた体を清めたかった尚子には丁度いい、まさしく天の恵みの雨だった。

震える体を雨に濡らしながら、尚子は走った。すでに日も落ちかけ、辺りは暗闇に包まれようとしている。ろくに街灯もないこの先の道は、じきに本当の暗黒に包まれてしまうだろう。

それでも、尚子は立ち止まることができない。あんな屋敷にはもう二度と戻らないと決めていた。

(襲われているのに誰も助けてくれなかった……あそこは異常だ、おかしい！　皆私の方を責めるような目つきで睨みつけて……どうしたらよかったの？　あのままあの男に犯されるしかなかったの？　そんなのおかしい！　もう嫌！　もう耐えられない！)

今まで溜め込んできたものがすべて噴き出し、荒れくるっていた。美しい宝来家の人たち——でもどこかおかしいと感じていた。歪んだ発作や歪んだ性癖、おぞましい夜の数々を歯を食いしばって乗り越えてきたけれど、もう何もかもがおしまいだ。

三紀彦のひどい言葉の数々——ブスのくせに——自分の容姿の美醜など気にしたことはなかったけれど、顔が醜いということがそれほど悪いことなのだろうか。

(違う……女なのに醜いからだ。男は醜くても罪にはならない。でも、女は罪になる。そ

れだけで、罵倒の理由になるんだ）

　ブスは男の誘いを拒むことさえ罪らしい。性に関して潔癖な尚子には、それは耐え難いことだった。醜ければ慰み者にならなくてはいけないのか。容姿ゆえに尚子は貞操を守ることさえ許されないのか。

　ふいに、皓紀の美しい顔を思い浮かべ、胸が苦しくなる。事故で一年間の眠りについていた尚子をずっと屋敷に置いていたのは、万が一目覚めればまた有用な存在になると考えていたからだ。

　それなのに、尚子はすべてを忘れていた。すべてを一から教えなくてはならなくなり、皓紀はさぞかし辟易していたことだろう。もしも尚子が今日の屈辱に甘んじて屋敷に残っていたとしても、今回のことで、これ幸いと尚子を放逐（ほうちく）したのは皓紀だったかもしれないのだ。

　ただの妄想のはずなのに、尚子は滂沱（ぼうだ）と涙を流していた。

　誰からも必要とされない自分。容姿の醜い、何の取り柄もない女は、あの屋敷を出ればもう何の価値もないだろう。いや、あの屋敷の中ですら、尚子の存在はいてもいなくても同じものだったに違いない。

　尚子はいつしか、声を上げて泣いていた。

（どうして私がこんな目にあうの？　ただ、平凡な生活を送っていただけだったのに）

けれどそれは偽りの記憶だったと皆が言う。ただの夢だったのだと。意味のないものだったのだと。けれど、尚子のアイデンティティはその夢の中にしかない。一向に蘇らない記憶を探しても、そんな必要はないと冷淡な主人に言われてしまう。尚子はただ命令を聞いていればいいだけの、ほとんど無価値な存在なのだ。

どうして『こちらの世界』はこんなにも尚子に厳しいのだろう。『あちらの世界』では尚子はまだ何者でもなかったけれど、少なくとも、必要とされていた。友人に、家族に——そして、恋人に。

良樹のことを思い出して、尚子は胸を引き裂かれそうになる。あんなに愛してくれていたのに、彼の欲望をただ気持ち悪いとしか思えなかった自分。今更ごめんなさいと謝ることもできないけれど、尚子は今初めて、気づいたのだ。平凡な毎日、退屈な日々——それでも、自分は十分幸せだったのだ、と。

辺りは漆黒に包まれ、ただ雨の細い糸が微かに見える程度だ。尚子はすでに自分の顔を濡らしているものが涙なのか雨なのかもわからなくなっている。

何もかもが、雨で全部全部、流れてってしまえばいい。尚子自身のことさえも、どこかへ流していって欲しい。そして、誰もが夢だと言ったあの日々へと戻れたのなら、他には何もいらなかった。

目の前に、目もくらむほどの眩い光が炸裂する。続いて、車の急ブレーキをかける音。

尚子は、飛んだ。

雨の中を軽々と飛び上がり、その時間はまるで永遠のようにも思えた。

＊＊＊

小さな女の子が、泣いている。

河原にうずくまって、キラキラと光る水面を見つめながら、小さな肩を揺らして泣いている。

——どうして泣いているの？

もう一人の心配そうな顔をしている女の子は、尚子だ。

涙に濡れた顔を上げた女の子は、天使のように愛くるしい姿をしている。赤い可愛らしい着物を着て、雪駄（せった）を履いた足下は、そこら中を歩き回ったのか泥まみれになっていた。

——だって、尚ちゃんがいなかったから。

大きな目を潤ませて、女の子は答える。

――尚ちゃんがいなかったから、一生懸命探したの。尚ちゃんがいなかったら、何にも楽しくないから。

尚子はたった三日間、風邪をひいて寝込んでいただけなのだ。それなのに少女はまるで尚子がどこかに消えてしまったように錯覚したらしい。小さな尚子は女の子がひどく愛おしくなり、細い両腕をいっぱいに広げて、女の子を抱き締める。

――ごめんね。もうどこにも行かないから。一人にしないから。

何度も繰り返しそう告げると、女の子はようやく満足したように、涙を拭いて微笑んだ。尚子はその笑顔に胸を締め付けられるような心地を覚える。

――ほら、虫の卵。そこで見つけてきたんだよ。

尚子は女の子の機嫌をとるように、その手に一枚の葉を握らせる。その裏には規則正しく黄色い卵が並んでいる。

――わあ、すごい。綺麗だねえ。

女の子は虫の卵が好きらしい。途端に上機嫌になって、葉っぱを振って喜んでいる。

――これ、モンシロチョウになるんだよ。尚ちゃんみたいに、綺麗なチョウチョになるの。うちの庭にも卵いっぱいあったんだよ。楽しみだね、尚ちゃん。

――うん、そうだね。チョウチョになるところ、見てみたいね。

はしゃぐ女の子は、尚子をじっと見つめて、まだ少し不安そうな顔をしている。

――ねえ、尚ちゃん。一緒にチョウチョ、見てくれるよね。

――うん、もちろんだよ。

――絶対だよ。ずっと一緒にいて。約束してね。

――うん、約束する。絶対に離れないよ。

――じゃあ、約束の、いつもの、して。

女の子が尚子にせがむと、尚子は少し顔を赤くして、女の子の開きかけの蕾のような唇に、そっとキスをした。

女の子は夢見るような瞳で尚子を見つめ、うっとりと微笑んでいる。

――言って。尚ちゃん。大好きだよって。世界でいちばん、大好きだよ、って――。

＊＊＊

目を開けると、そこには見慣れた天井があった。

デジャヴ――けれど、最初に目覚めたとき、この天井は見知らぬもののはずだった。

「ああ……よかった。目が覚めたね」

心底安堵したような声に、ハッと息を呑む。

「優美……さん」

傍らの椅子に腰掛けていたのは、あのときの看護師ではなく、優美だ。泣いていたのか、目が赤い。

「まさか、あんな時間に誰かがいると思わなくって。本当にびっくりしたよ。ねんざ程度でよかった」

優美の言葉に、尚子はようやく得心する。無我夢中で暗闇に包まれつつあった山道を走っていた尚子は、宝来家へ向かう優美の車にはねられたのだ。そして、驚いた優美は尚子を介抱し、屋敷に連れてきた——尚子の事情を知るはずもなく。

「ここいらの道は曲がりくねってるし、ほとんど灯りもないから、自然と慎重な運転になるんだよね。それが幸いしたよ……ああ、本当によかった。尚子さん、ごめん。本当にごめんね」

「これで尚子の頭が元に戻っていればめでたしめでたしだったんだがな」

平謝りする優美の背後のドアが開き、皓紀が入ってくる。

いつもの、女物の着物を着た皓紀の姿のはずなのに、尚子はなぜかその姿を見て息を呑む。

最初からそうだった。なぜか、皓紀には逆らうことができない。

そして尚子は本能で察している――今の皓紀が、ひどく怒っていることを。

「屋敷からの逃亡を図ったそうだな」

優美は目を丸くして尚子を見ている。詳しい事情はまだ聞いていないらしい。

「そんなに俺の側にいるのが嫌だったのか？」

「え……？」

思いがけない皓紀の言葉に、尚子は呆然としてしまう。屋敷に居た者は誰も皓紀に尚子が逃げ出した理由を告げてくれなかったのだろうか。

（あんな大騒ぎになったっていうのに――誰も本当のことを皓紀様に教えていないの？私が三紀彦様に襲われたことも、暁子様に怒鳴られたことも――）

いや、もしかすると、皓紀はすべてを聞いた上で、こう言っているのかもしれない。そんな『つまらないこと』で逃げ出すはずがない。自分の側にいるのが嫌になったから逃げ出したのだ、と。

そう考えた途端に尚子は頭が真っ白になってしまい、何も言えなくなった。

「やはり……そうなんだな」

言葉を失っている尚子の態度を肯定ととったのか、皓紀の顔から表情が抜け落ち、能面のように凍りつく。出し抜けに手を伸ばし尚子の顎を強引に上向けると、奥に燠火の揺らめくような瞳で覗き込んでくる。

「逃げられると思うなよ、尚子。もしもこの屋敷から逃げ出せば、お前には一気に祖父から親父に渡った負の遺産が降り掛かることになる」

「皓紀……何も、こんなときに」

優美が批難の声を上げると、皓紀はフンと鼻を鳴らして目を細める。

「そうでなくても、お前はここ以外に行く場所などない……宝来家がお前のすべての居場所を奪うだろう。そのことはよく覚えておけ」

冷酷な捨て台詞を残し、皓紀は部屋を出て行く。強く摑まれた顎がじんじんと熱を持っている。これまで、こんな暴力的な力で触れられたことはなかった。どこか不穏な気配に、心臓が嫌な音を立てている。

皓紀が去った後もしばらく、尚子は蒼白の面持ちのまま、微動だにできずにいた。

(結局……また、戻って来ちゃったんだ)

この、忌まわしい屋敷に。もう二度と戻って来るまいと飛び出したこの場所に。

「尚子さん……逃げ出したって、一体どういうことなの」

優美が怪訝な顔をして問いかけてくる。

「雨の中走っていたのは、屋敷から逃げ出すためだったの」

「そう……」

疲れ果てた尚子は、優美を警戒していたこともどうでもよくなり、今日の顛末を打ち明けた。尚子の話に優美は最初は目を丸くして、そしてすぐに顔を赤くして腹を立て始めた。

「何それ……それじゃ、尚子さんは完全な被害者じゃない！」

「でも、この屋敷では、きっと違うんでしょう」

優美が憤りを露にするのを見て、かえって尚子は冷静になってゆく。

「その証拠に、大したことじゃないから、皓紀様にも伝わっていないのかもしれない……伝わったとしても、皓紀様はさっきと同じことを言ったかもしれないけど」

「いや、それは違うよ」

優美はなぜか言いにくそうにして唇を噛んでいる。

「屋敷の人たちは……言いたくても、言えなかったんだと思う」

「どうして？」

「それは……きっと、皓紀が怖いから」

優美の言っていることの意味がわからず、尚子は首を傾げる。皓紀が怖いから、三紀彦のことを言えなかったというのか。あの兄弟は傍目にもあまり仲が良いとは思えない。弟の名前を出すだけで、皓紀は恐ろしいことをしでかすというのだろうか。

「とにかく……尚子さん」

優美は気を取り直したように、尚子の手を握り、真正面から向かい合う。

「屋敷から逃げ出すのは、やめた方がいいと思うよ」

「皓紀様の、言っていたこと……？」

「それももちろんあるけど……あなたを思いとどまらせるために、普段はあまり口にはできないことを言うよ」

優美は固い決意を込めた真剣な眼差しで尚子を見つめている。

「ここを逃げ出した人たちは、皆行方不明になっているんだ」

「え……？」

藪から棒に出てきた『行方不明』という言葉に、尚子は訝った。

「それって……死んでしまうってこと？」

「……消えちゃうんだよ。煙みたいに。宝来家が怖いから行方をくらませるとか、そういうものじゃない。本当に、どこにもいなくなるんだ。素人じゃ絶対にそんなこと不可能だし、どこかに痕跡は残るものだろ。でも、それがどこにもない。つまり……」

優美は一度固い唾を飲み込むように間を置き、口を開く。

「多分、尚子さんの言う通り、死んでしまったんだと思う」

「ど、どうして、そんな……」

死という直接的な言葉――それは一瞬で尚子の背筋を凍りつかせ、心を怯えさせる。

(冗談でしょ!?)

いくら宝来家がおかしな家だとしても、まさか人殺しまでしているとは考えていなかった。逃げ出したからといって殺すなんて、そんな道理があるだろうか。

「宝来家の内情を知った者は、二度と外へ出ることはできない」

とても冗談を言っているとは思えないような真面目な顔で、優美は続ける。

「これは昔から言われていることだよ。あそこは逃げられないような人たちばかりが勤めているけど、それでも耐えられなくなって逃げる人はいる。でも、結局それは叶わない」

「む、昔から、って……だって、暁子様や、三紀彦様みたいなことが、昔からなんて」

「あったんだよ」

尚子の言葉を遮るように、優美ははっきりと断言する。

「記憶のあるあなたなら当然知っていることだから言ってしまうけどね。宝来家は代々少し普通と違う人たちが生まれる。商売の才能はあるけれど、人格だとか、性癖だとか――色々と問題のある人たちがね」

「代々……それじゃ、遺伝……？」

「そうかもね。でも周りは、それを『宝来家の呪いだ』って言ってる」

「の、呪い!?」

そうだよ、と優美は頷く。医者である優美が、『呪い』などと非科学的なものを持ち出すことに、どうしても違和感が拭えない。けれど優美はいたって真剣な顔でその言葉を使っているのだ。

「これは本当に昔の話だから、真実ではないかもしれない。でも、代々続いてきた宝来家の人たちの様子を見ていると、本当なんじゃないかと思ってしまうんだよね。それに……皆、短命なんだ。当主は大体五十歳前後で亡くなってる。皓紀の父親もそうだよ」

「でも、それっておかしくない。『宝来家の呪い』が、宝来家に降り掛かるだなんて」

「それには仔細があるんだ」

優美は宝来家の古い歴史を語り始める。

宝来家は鎌倉時代から続く武士の家系だった。明治維新後も富裕な資産家として豊かな生活を送っていた。けれどそれが大戦で一変し、戦災で屋敷は焼かれ、宝来家の人々も一家離散し、先の見えない状況となった――。

ここまでは、以前世良に聞いた内容と同じものだ。けれど、そこから優美はとんでもないことを語り出した。

「伝え聞いた話では、戦後のどさくさに紛れて――今現在の宝来家の人々が、元々の宝来家を乗っ取ったんだって言われてる」

「えっ……？」

尚子は耳を疑った。

「それじゃ、今の宝来家は、本当の宝来家じゃないってこと」

「そうなるね」

「そ、そんなことが可能なの」

「結構いたらしいよ。戦争でその家の人たちが皆死んじゃって、何食わぬ顔でその家に居座ってる人たちがさ。何せ徴兵だ疎開だって日本中で人の動きがぐちゃぐちゃになってたんだから、そういうこともあり得たんだ。途方もない数の人たちが死んで、個人の特定ができないことだってざらだっただろうし……まあ、はっきりとした証拠なんてないよ。ただ、それ以降だからね。宝来家がいきなり変わったのはさ」

にわかには信じられない話だが、そう言われてみれば可能にも思えてくる。尚子も、戦後の混乱の中で人が入れ替わる推理小説をどこかで読んだような気もするし、そういったことは実際あちこちで起きていたことだったのかもしれない。

「戦争から帰ってきた当主って奴が興した会社が大当たりで、それからぐんぐん宝来家は巨大企業に育っていった。それまでは、元々持っている土地だとか財産を、減らさなければいい、増やさなくてもいいっていう家風だったんだから、全然変わっちゃったんだよね。まあ、アメリカの資本主義に倣(なら)ってやり方を変えただけなのかもしれないけど」

「それじゃ、呪いって……元々の宝来家の人たちの……？」

優美は何とも言えない顔をして頷く。

「宝来家に少しおかしな人たちが出始めたのは、戦後からだって言われてる。大概ライバル会社の流した噂だろうけど、あの人たちを見てると、そうかもしれない、なんて思っちゃうんだよね」

尚子は思わず心の中で同意する。呪いなどというオカルト的な言葉も、あの屋敷にはあまりにお似合いだ。

「呪いが本当かどうかはともかく、秘密が多いのは本当。宝来家の人たちは、自分たちの家の内部を知った人間を決して外へ放り出すことはしない。家の名を汚すような恥を漏らされる可能性があるからね。宝来家の屋敷に勤めたなら、一生そこで過ごすしかないんだ」

「そんな……そんなことのために……」

「尚子さん。あなたは誰よりも忠実な皓紀の僕だった。そして、皓紀は誰よりもあなたを信頼していた。だから、記憶を失ったにしろ、あなたが逃げ出そうとしたことが何より辛かったんだと思う」

優美の言葉に、頭のどこかで何かが引っかかった。

(そういえば、変な夢を見たような気がする……。小さな女の子が、私に、どこにも行かないで、って言って……)

あんなにはっきりとした夢を見たのは初めてだった——いや、初めてではない？　以前にも、あの小さな女の子の夢を見たように思う。

尚子がぼんやりと夢の記憶を追いかけていると、優美が叱りつけるように尚子の手を強く握りしめる。

「ねえ、聞いて。もしかすると、これから皓紀はあなたにひどい仕打ちをするかもしれない。だけど、これは私からもお願いするよ。どうか耐えて。この屋敷から逃げ出そうとしないで」

優美の目は真剣だ。尚子は彼女が心から真実を告げているのだと直感する。

「これまで何人も宝来家から逃れようとして行方不明になってる人たちを見てるんだ。あなただって例外じゃない。だから、お願い」

「優美さん……」

優美までもがこんなことを言うなんて、やはり宝来家は普通ではない。現代で人がそう簡単に行方不明になるものなのだろうか、と疑問に思うけれど、この屋敷の異常な内情を見てしまった今では、そういうこともあり得るかもしれないと感じる。

ここまで聞かされれば確かに再び逃げようと思う気持ちはなくなるが、宝来家に対する嫌悪は恐れが加わって、巨大な怪物のように変化してゆく。

けれど、逃げることはできないのだ。尚子が尚子である以上、この屋敷で働く人間である以上、ここから解放されることは不可能なのだ。

尚子の手元を蜘蛛が這ってゆく。見慣れたこの生き物を見ると、この屋敷に帰って来てしまったことを実感する。「おかえり」――蜘蛛が挨拶するように、尚子の指先にキスをした。尚子はただじっとその光景を見つめている――。

＊＊＊

その日以来、元々冷淡だった皓紀の尚子への態度が変わった。

優美の言っていた通り、ひどく残酷になったのだ。

「これで何度目だ。お前の頭はスポンジか？　いい加減覚えろ、役立たず」

これまでなら不機嫌になる程度で何も言わなかった場面で感情的に叱責し、罵倒する。それも、大して怒っていないことは明らかなのに、あえて声だけを荒々しくしている様子が見て取れ、尚子にはただ自分を傷つけようとして怒鳴っているだけのように思える。

どれだけ理不尽な物言いでも、周りの使用人たちは何も言わない。三紀彦のときと同じく、この屋敷では宝来家の人間が絶対なのだ。逆らうことなど許されない。

ようやく皓紀と心を通じ合わせることができるかもしれない……と思っていた矢先の豹変は、尚子にやるせない悲しみをもたらしていた。優美が言うには、皓紀がこれだけ怒っているのは、尚子が屋敷から逃げ出そうとしたせいらしい。

(優美さんは、皓紀様が私を誰よりも信頼していたから、だから辛かったんだって言ってたけど……普通の神経じゃ、こんな場所にずっといられるわけない。どうして誰も逃げ出さないのかふしぎなくらい)

その答えが、優美の言っていた『屋敷を逃げ出そうとした人たちは皆行方不明になってしまう』ということなのだろう。

屋敷の息苦しさに、無性に優美に会いたくなる。けれど、そういえば皓紀に優美との接触を禁じられていることを思い出す。

あの日、優美が尚子に言い含めるように聞かせた内容のすべてを皓紀が把握したとは思えないが、優美自身が尚子に伝えたと、皓紀に話したのかもしれない。呪いだ何だという話は今は尚子が記憶を失っているだけで、本来は知っていたはずの情報なので問題はないはずだが、やはり現在の尚子には信用がないためか、優美はしばらく屋敷に出入り禁止となってしまったのだ。

（それにしても、優美さんの話していたこと……行方不明の件もそうだけど、呪いだとか乗っ取りだとか……）

夢を見ている――尚子は未だにそう錯覚する。本当に夢だったらどんなにいいことか。

尚子が目を覚ましてから、リハビリ期間を含めてすでに三ヶ月の時が過ぎている。二ヶ月の間病院にいたのだからまだこの屋敷で働き始めて一ヶ月ほどしか経っていないはずだが、もっと長い日々を過ごしていたような気がする。日々新しいことを覚えなければいけなかったし、緊張の連続で密度が濃かったからだろうか。

現在は十月に入り、奥多摩の古い屋敷の中は真冬のように服を着込まなければ寒さを感じるほどで、実際に冬になればここは凍りついてしまいそうだ。

秋を知り、冬に入りかけ、様々なことを見聞きしていれば、もうこれは夢ではないのだということもわかりかけてくる。それにもかかわらず、尚子は時折ふと考えるのだ。今は長い時間を過ごしているように思っていても、本当に目覚めてしまえば、あっという間にこの日々の出来事は一瞬になってしまうんじゃないか、と。

「尚子。何をグズグズしている」

ぼんやりとしていた尚子に皓紀の叱咤が飛ぶ。

「俺はもう寝たいんだ、さっさとしろ」

「あ……、申し訳ございません」

皓紀は風呂に入った後、定期的に尚子に爪を切らせるのが習慣になっている。皓紀は自分では爪すら処理することがない。

尚子は皓紀の爪をヤスリで削って整えていく。最初に爪切りで切ろうとして、それまで皓紀の世話をしていた男性に慌てて止められたのも、今となっては懐かしい。

(この人の手も足も、本当に綺麗。節がなくて、すっと真っ直ぐに伸びている。大きさはもちろん男性のものだけど、手だけを見ていれば女性と間違えてしまいそう)

皓紀の皮膚は肌理（きめ）が細かく真っ白だ。恐らく日に焼けたら赤くなった後に白く戻ってしまうタイプだろう。足の爪を切るためにしゃがみ込むと、浴衣から覗くふくらはぎにはほとんど男性的な体毛はない。皓紀には尚子が野蛮と思う男性的特徴がほとんどないためか、こうして肌に触れるのもほとんど抵抗はなかった。

「おい、やめろ」

「えっ」

足の爪をひとつずつヤスリで丁寧に削っていると、突然頭上から冷たい声が降ってきた。

驚いて顔を上げると、不機嫌を露にした皓紀の顔が視界に入り、何か粗相をしたのだと悟って尚子は青ざめた。

「お前、今日はいつにも増して無能だな。ぼんやりして皮膚まで削っただろう」

「あ……も、申し訳ありません！」

慌てて皓紀の足を確認するが、中指の皮膚が確かに少しだけ赤くなっている。

「今、消毒液と絆創膏を持って参ります」

「必要ない」

立ち上がって薬を取りに行こうとする尚子を呼び止める。

「お前が舐めろ」

一瞬、皓紀の言ったことがわからず、キョトンとする。反応のない尚子に焦れたのか、皓紀は苛立ちを露にして舌打ちした。

「聞こえなかったか。お前のせいで傷ついた俺の足を、舐めろと言ったんだ」

「は、はい……」

自動的に返事はしたが、頭は真っ白になっている。指先が氷のように冷たくなり、心臓がやけに大きく鳴っていて、背筋におかしな汗が滲み出す。

（舐めるって……足の指を？　犬みたいに、舐めろって言うの？）

これまでどんなに無体なことを言われても、耐えて言われるままにしてきた。そうしなければ尚子の居場所はなかったし、以前のように逃げるという選択肢もない今、主人に従うことでしか生きられなかったからだ。

けれど、こんな命令は初めてのことだった。尚子を言葉で貶め怒鳴りつけても、暴力を振るったり肉体的に辱めようとしたことはなかった。

尚子はしばらく棒のように突っ立っていたが、よろめきながら膝をつく。錆び付いた機械のようにぎこちなく背を屈め、皓紀の足下へと顔を近づける。

風呂上がりの皓紀の足からはボディソープの清々しい香りがする。今しがた尚子が削っていた爪は桜貝のように品のよい桃色で形も整っており、まるでマネキンのように精巧な造作だ。

しかし、いくら見た目が綺麗でも、これは人間の足だ。血が通い、汗もかき、普段は地面を踏み締めて歩いている、人間の体の中で最も汚れている場所なのだ。

こんな命令は、すでに戯れ（たわむ）のレベルではなく、悪意だった。皓紀は憎悪を込めて、尚子に足を舐めろと言っている。弱い立場であり、命令を無視することのできない尚子に、おぞましいことをしろと命じている。

尚子は今初めて、皓紀に対する激しい嫌悪に震えていた。これまでどんなにひどいことを言われても、それは尚子にとって、三紀彦に対するような不快感を覚える類いのものではなかった。誰よりも近くにいたはずの皓紀のことを忘れてしまった罪悪感があったし、逃亡後も育ちかけていた信頼を自分から断ち切ってしまったという後悔が、皓紀の冷酷な罵倒を受け止めさせていた。

（いくら何でも、あんまりだ。ひどい）

脳裏には赤裸の世良を鞭打つ暁子の姿がある。やっぱり、こいつらは親子なんだ。下々の者たちを虐待するのが大好きな異常者なんだ。今まではその衝動を押さえつけていただけで、これからはこうして毎晩足を舐めさせられることになるのかもしれない。そしていずれは自分も、世良のように虐げられて興奮する日が来るのかもしれない、と想像するとゾッとした。

尚子は絶望していた。頭が煮え立ち、目の前が暗くなって、何もわからなくなった。いっそこのまま嚙み付いてやろうか。突如、そんな攻撃的な気分が涌き起こる。

それでも、尚子は皓紀の足指に顔を近づけた。皓紀に逆らうことなどできなかった。今は言われるままにするしかない。風呂上がりなのが幸いだと思って、目を瞑って、口をつけて少し舐めればいいだけなのだ。

意を決して目を瞑り、指を口に含もうとすると、「もういい」という声が降ってくる。けれど緊張の極地にある尚子には聞こえずそのまま唇を爪先に当てる。

「やめろ！」

「あっ」

突然、肩を突き飛ばされた。尚子は無様に後ろへ転がった。

目を丸くして皓紀を見ると、主人は思ったより派手に転んだことに慌てたのか、立ち上がり、一瞬尚子に手を差し伸べようとした。しかしすぐにハッとした顔で舌打ちし、後ろを向く。

尚子がぽかんとして転がったままの姿勢でいると、皓紀は焦れた声を張り上げた。

「いつまでそこにいるつもりだ。俺は眠い。さっさと出て行け」

「あ……、わ、わかりました」

わけもわからぬまま、部屋を追い出される。

（一体、何だったのよ……）

最初から、舐めさせるつもりなどなかったのだろうか。尚子の反応が見たかっただけなのだろうか。そうだったとしても、質（たち）が悪い。

部屋に戻った後も、尚子の胸には困惑と怒りと不安の靄（もや）がまとわりついて離れなかった。悔しさに涙をこぼしながら、枕を握りしめる。

今夜初めて、尚子は生身の皓紀を感じたように思った。これまでは冷たい人形のような主人としか思っていなかったけれど、少しだけ人間の生臭さを嗅いだように感じたのだ。

尚子には優美の言うように皓紀が怒って残酷になったのではなく、本性が出てきたのではないかという気がしている。今までは昏睡状態から目覚めた尚子に対して遠慮があったが、逃亡を図ったことでそれが掻き消えてしまったのではないか。

尚子が一度逃げて優美によって屋敷に戻されてから、屋敷の人々は不気味なほど尚子に対して無反応だった。無視と言ってもいいかもしれない。

ただ、三紀彦だけは相変わらずにやにやとしたいやらしい笑みを浮かべて尚子を見ていて、やはりここは危険な場所だということを感じさせられる。あの男は、きっとまた尚子を襲うに違いない。この屋敷にいる限り、いつまでもその心配はつきまとっている。

屋敷の部屋には各々鍵がついているが、三紀彦ならマスターキーを持ち出すことも可能だろう。そう思えば鍵をかけても意味はないのだが、尚子はどうしても施錠せずにはいられない。

三紀彦の脅威に加えて、皓紀さえも自分に害をなす存在になってしまったのだと思うと、息苦しさに目眩がした。

皓紀は日に日におかしくなっていく。滅多に酒では酔わないはずなのに、自らその節度を超えて酩酊状態で帰宅することが増えた。

その夜も皓紀が寝るまでの世話をしなくてはならない尚子は、帰ったはずの皓紀の姿がどこにも見当たらないので屋敷の中を探していると、かつて父の部屋だったという日本間に座り込んでいるのを発見し、慌てて介抱した。

「皓紀様。大丈夫ですか」

話しかけても、目がとろんとしていて明瞭な返事がない。強いアルコールのにおいがする。今夜は相当飲んだようだ。

「お水を持ってきましょうか」

「世界でいちばん大好き……」

「え？」

「そう言っていたくせに。この、嘘つきめ」

寝言のような調子で呟かれ、何と答えたらよいのかわからない。

「俺を置いて行かないと言ったくせに。あんなに約束したくせに。それなのに、お前は勝手に一年も眠ったままで、目覚めてみれば俺のことなどひとつも覚えていない……挙げ句に逃げ出そうとする」

話に脈絡がなく、ろれつも回っていないので聞き取りづらいが、尚子のことを話しているのはわかる。

「お前は俺をいつでも傷つける。俺の欲しいものを何ひとつくれない。しかも一度でなく、二度も俺を置いて行こうとした」

「皓紀様……」

酔っぱらいを持て余し、噎せ返るような酒気をこらえながら、尚子は皓紀の肩にそっと手をかける。

「お部屋に戻りましょう。ここでこのまま眠ったら風邪をひきます」

「いやだ。俺に命令するな」

駄々をこねて尚子の手を振り払う。けれどすぐに今度はその手で腕を引き寄せて、正面から赤い酔眼で睨みつけた。

「尚子、お前まだ逢沢が好きなのか」

「え……？」

突然良樹の名前を出されてぎくりとする。

「無理矢理引き離した俺を恨んでいるんだろう。そうなんだろう。夢の中で恋人にしていたんだから、さぞかし恋しかったんだろうなあ」

（一体……何の話をしてるの）

「夢の中でのあいつはどんなだった。俺と違って優しかったか。誠実だったか。だがあいつだってただの男だ。どんなに紳士面をしていてもお前に欲望を向けたはずだ」

皓紀は、現実での逢沢良樹の話をしていた。優美の話では彼はどうやら傷害事件を起こした学生だったようだが、「無理矢理引き離した」とはどういうことなのだろうか。

（もしかして、こちらの世界でも、私は良樹と恋人だったの……？）

酔っている皓紀に訊ねても支離滅裂なので埒があかないだろう。最初に尚子が良樹の名前を口にして以来、二人の会話でその名前は出て来なかったが、皓紀の中ではずっと燻っていたということなのだろうか。

「なぜ俺はいない……」

「え？」

「お前の夢とやらに、なぜ俺がいなかったんだ」

唐突な問いかけだが、はたと尚子も考える。こんなにも強烈な存在だったはずの皓紀が、尚子の夢の記憶に一切現れなかったとはどういうことなのだろうか。恋人らしき男とはすぐに引き離されてしまったらしいのに、ずっと一緒にいた皓紀が影も形も見えないことに、何か意味があるのだろうか。

「俺の存在を消し去って満足したのか。そんなにも嫌だったのか」

「そ、そんなこと……」

「なあ……お前、本当は何もかも覚えているんだろう」

皓紀の目が急に据わる。

「すべて忘れた振りをして、あの記憶をなくしたお前を喜んでいる俺を見て、笑っているんだろう。そうなんだろう」

「わ、忘れた振りなんか……」

「嘘をつくな」

皓紀は突然立ち上がり、床の間に飾ってあった日本刀に手をかけ、いきなりすらりと鞘を抜き払った。あまりの展開に、尚子は呆然とそれを見ている。

「いっそ、ここで殺してやろうか」

ぎらりと光る白刃を突きつけられ、血の気が引く。悲鳴も喉で凍りついた。

(こ、殺される……!?)

本物の日本刀だった。よく手入れされた、まさに抜けば玉散る氷の刃といった、その残忍な冷たい刃は、一瞬で尚子を無惨な肉の塊にしてしまうだろう。

皓紀は憎しみを込めて尚子を凝然と見ている。視線そのものが刃物のような鋭さだ。動いたら斬られる——そんな確信があり、尚子は微動だにできずに皓紀を見つめ返している。血が凍り、心臓までもが動きを止めたように錯覚する。

その切っ先を突きつけられ、一体どれほどの時間が経っただろうか。五秒、十秒——長くともそのくらいの僅かな間だっただろうが、尚子にとっては永遠にも等しい長さに感じられた。

「ふふふ。冗談だ……」

皓紀は低く笑って、スイと手を引き、刀身を鞘に納める。気づけば、尚子は全身にビッショリと冷たい汗をかいていた。

「お前を殺したら、俺もすぐに死ぬからな。そうしたら、宝来家はおしまいだ。ヒステリーババアとヤク中のバカしか残らない。それじゃあ気の毒だからなあ」

普段なら決して使わないような汚い言葉を吐き捨てて、皓紀はふらふらと部屋を出て行く。尚子は座り込んだまま、しばらく動けなかった。

（一瞬……本気で斬るつもりだった、あの人……）

切り裂くような皓紀の殺意に、尚子は氷を抱いたように冷たい心地を覚える。

皓紀の憎悪には尚子の知らない何かが関係していた。正確には、尚子が失った記憶の何かが。

尚子を殺したら、自分も死ぬと言っていた。ただの憎しみではない。自分の記憶のない以前に、皓紀と尚子の間には何かあったのではないか。今更そのことに気づき、尚子はその真実を探らなくてはならない危機感に駆られた。

(良樹のこと……そして、私がなくした記憶……)

皓紀は常々、「思い出さなくていい」と言っていた。それは、思い出されると都合の悪いことがあるからなのかもしれない。

尚子の逃亡以来、皓紀はうちに秘めていた衝動を次第に隠さぬようになっていく。最初は冷たく思えていたあの態度も、きっと普段の皓紀に比べれば、大分抑えていたということだったんだろう。

皓紀は、何もかもを忘れてまったく別の記憶を持って目を覚ました尚子に、恐らく安堵していた。そして、皓紀の基準として非常に優しく尚子に接してきたようだ。尚子がこの屋敷から逃げようとしたのをきっかけに怒りが爆発したのはなぜなのだろうか。

(そういえば……おかしなことを言ってた。一度でなく、二度も自分を置いて行こうとし

た、って）

二度目はわかる。尚子自身の屋敷からの逃亡だ。けれど、一度目は？　以前にも、尚子は逃げようとしたことがあったのだろうか。

（それに……さっき色々言っていたこと、すごく引っかかる……）

尚子は、皓紀の酔っぱらって口走った不明瞭な台詞を、どこか別の場所で聞いたような気がするのだ。そこは一体、どこだったのか。

（私、忘れ過ぎてる……たくさん思い出さなきゃいけないことがあるのに……どうして、こんなに何も覚えていないの……？）

まるで何かに邪魔されているようだ。ふと、何かの記憶が蘇りそうになっても、次の瞬間にはそれまではっきりと見えたはずのものが曖昧になっている。

このまま何も思い出せず、また刀を突きつけられるようなことになったら、今度こそ殺されてしまうような気がする。尚子は先ほどの皓紀の気迫を思い返して慄然とした。あんなに恐ろしい思いをしたのは初めてだ。それは皓紀の殺意が本物だったからだ。

「真柴さん。どうしました」

腰が抜けて動けない尚子を見つけて、世良が慌てて歩み寄る。

「気分でも悪いのですか」

「い、いいえ。大丈夫です。ちょっと……びっくりしたことがあって」

そう言っただけで、世良はすべてを察した様子だった。この部屋から皓紀が出て行ったところを見ていたのかもしれない。

「すみません。私も見ていることしかできないのですが、近頃皓紀様は随分と荒れておいでですから」

世良が謝る必要はない。この屋敷の誰もがそうなのだし、彼だけが特別ではないのだから。それに、暁子の鞭を受け続けている世良からしたら皓紀の尚子への仕打ちなどものの数にも入らないだろう。もっとも、尚子と違って世良は望んでその苦痛に甘んじているようだが。

「あの……皓紀様があういう風に荒れるのは、よくあることなんですか」

「いいえ……よくあること、というか……」

尚子は久しぶりに世良の顔をまともに見たような気がする。暁子との夜のことを目撃してから、どうしても真っ直ぐにその目を見ることができなくなっていた。

世良は少しの逡巡（しゅんじゅん）の後、思い切ったように口を開く。

「以前の皓紀様は、やはり真柴さんに辛く当たっておいででした。真柴さんが目を覚ましてしばらく、皓紀様は非常に穏やかでしたが、今の皓紀様は、かつての皓紀様そのものなのです」

　尚子の想像は当たっていた。皓紀は元々の気性を露にしただけだったのだ。

「けれどどんな無茶を言っても、真柴さんは顔色ひとつ変えずそれに従っておりましたので……皓紀様は、なんというか、自分で自分を止められなくなってしまうところがございまして」

「癇癪を起こすということですか」

「ええ……とにかく宝来家の方々は皆ひとつのものに執着するというか、集中するというか、一度走り出すと立ち止まることができないような傾向があるのです。その苛烈さが今日の宝来グループを築き上げたとも言えるのですが」

　わかるような気がする。何かに突出している人間はまた何かが決定的に欠落しているものだ。皓紀が感情を制御するものが元々希薄だったとすると、尚子が目覚めて間もない頃の彼の振る舞いは、皓紀にしてみればよく自制していたと言えるのかもしれない。

「皓紀様は跡取りとして大切に育てられた方ですので、何でも思い通りになることが当然という環境でございました。真柴さんもその中には含まれているのですが……それこそ生まれたときから皓紀様のお側にいたためか、皓紀様の我が儘に慣れてしまっておりまして」

「私が泣いて許してとでも言えば、きっとストップがかかったのかもしれませんね」

冷静な女――きっとそれは無表情な女だったということだ。何をしても顔色を変えなくなった尚子に、皓紀は焦れていたのだろうか。退院して初めに暁子に会ったとき、蜘蛛に驚いて悲鳴を上げたことがあったが、そんなことで皓紀は目を丸くして、面白がっていた。尚子は感情のない女だったのだろうか。それとも、そう装っていただけなのだろうか。

（蜘蛛……そういえば最初はあんなに驚いていたんだっけ）

それが何だかとても遠いことのように思える。今は異常な人間ばかりがいるこの屋敷で、蜘蛛の方が尚子と親しい仲だというのに。

日本間の隅に張られたささやかな蜘蛛の巣に、小さな蜘蛛が蠢いている。なぜか無性に悲しみが込み上げて、尚子はあふれそうになる涙に唇を噛んだ。自分はこの世でたった一人で生きているのだと今初めて気づいたように、寂しさに震えていた。

＊＊＊

「尚子。あれを拾って来い」

刀を突きつけられた夜以降も、皓紀は変わることなく尚子を虐待し続ける。

「誤って落としてしまったんだ。俺は濡れるのが嫌だから、お前が取って来い」

「……わかりました」

今日久しぶりの休暇をとっていた皓紀は、夕刻、庭園の散策に尚子を付き合わせ、彼女の目の前でわざと藤色のハンカチをひらりと池に落としてみせた。

十月も半ばの肌寒いほどの季節。当然、とうに泳ぐ時期は過ぎている。皓紀は相変わらず美しい白い顔をして、しなやかな指を池に突き出し、尚子に残酷な命令をする。

日本刀の恐怖がまだ染み付いている尚子は、迷いもせずに池の中に入った。意外と深く、太腿のあたりまで水に浸かってしまう。その骨まで染み入るような冷たさに、尚子は唇を噛み締める。

(冷たい……凍っちゃいそう……)

幸いさほど遠くにまでハンカチは飛ばなかった。皓紀に買い与えられたワイドパンツをずぶ濡れにして、ハンカチを拾うとすぐに池から上がろうとする。

すると、突然肩を突き飛ばされた。尚子は悲鳴を上げて池の中に尻餅をつき、盛大に跳ね上がった水しぶきで髪までびしょ濡れになる。

「ははは、楽しそうだな、尚子。こんな時季に水浴びか」

呆然とする尚子を見て、皓紀は声を上げて笑っている。尚子の悲鳴は屋敷の中にまで聞こえたはずだが、しんと静まり返ったまま、当然誰も出て来ない。

尚子は寒さに震えながら、這いずるようにして池から上がった。子どものいたずらのような皓紀の仕打ち。けれど愉快そうに笑っていても、皓紀の目の奥は冷えきっている。一瞬でも尚子を殺そうとしたその激しい憎しみは、児戯のような振る舞いさえ恐ろしいものに見せる。

「どうぞ……皓紀様」

雫を滴らせる藻の絡みついたハンカチを皓紀に渡す。「よくやった」などと皓紀は満足げに言い捨て、その場にハンカチを捨てた。石畳の上に落ちたそれを置き去りにして、「散歩を続けるぞ」とずぶ濡れの尚子の手を引いて歩き出す。季節外れの水浴びをしてまで取ったハンカチの哀れな末路に、尚子は笑いたくなった。実際、唇は笑みの形に歪んでいる。

(でもこのままじゃ、さすがに風邪ひいちゃう……)

一刻も早く服を脱いで体を拭かないと、どんどん体温が奪われてゆく。歯の根の合わなくなった尚子は、どうすれば皓紀が自分を解放してくれるのかわからず、惨めな気持ちで頬に貼り付いた髪を耳へかけた。

「寒そうだな。尚子。池になんか入るからだ」

尚子がガタガタと震えていると、そう命じたのは皓紀なのに、白々しくそう嘯く。ニットカーディガンもカットソーもすべてずぶ濡れになって肌に貼り付き、気持ちが悪い。こんな仕打ちをされ続けたら、刀で斬られなくてもそのうち死んでしまいそうだ。尚子は血の気のない顔で皓紀を恐る恐る見上げた。

皓紀は立ち止まり、震える尚子を無表情に見下ろしていた。その瞳にふいに憎悪に似た烈しい感情がほとばしり、尚子は息を呑んだ。

次の瞬間、尚子の濡れた体は皓紀の腕の中に強く抱き締められていた。顎を摑まれ唇に熱いものを押し付けられる。

それが皓紀の唇だとわかったとき、尚子の背筋に電流が走った。

——じゃあ、約束の、いつもの、して。

(あの子だ。赤い着物の、あの女の子)

夢で見た、小さな少女。尚子がいないと泣いていたあの子だ。川面の輝き。虫の卵。幼い少女二人の約束。

どうしてあの子のことを思い出すのかわからなかった。何も考えられず、尚子は発作的に皓紀の着物の胸板を突き退けた。

刹那、皓紀の白い顔に泣き出しそうな表情が浮かび、尚子の胸に突き通すような鋭い痛みが走った。皓紀が泣いてしまう。そう思ったのに、泣いたのは尚子だった。目に涙があふれ、気づけば、濡れた足は勝手に駆け出していた。

「尚子！」

皓紀の叫び声が聞こえる。あんな声は初めて聞いた。怒っているのに、泣いているようだ。それでも、尚子は立ち止まらなかった。

（キス、された。皓紀様が……私を殺そうとした皓紀様が、私に、キス……）

屋敷の中に駆け込み、驚いてこちらを見る使用人たちの視線を撥ねのけ、尚子は部屋へ一目散に走っていった。無駄なこととわかりながら鍵をかけ、濡れて貼り付く服を脱ぎ捨て、素裸になってベッドへ倒れ込む。

頭の中がぐちゃぐちゃに掻き回されている。一体、何が起きたのだろう。皓紀の言動は酔っていなくても支離滅裂だ。尚子が屋敷を逃げ出してから、一気におかしくなってしまった。いや、世良の話ではこちらの皓紀が本当の皓紀なのだ。尚子を常に虐げ、翻弄(ほんろう)し、そして自殺にまで追い込むような――。

尚子は自分の思考にハッと青ざめた。

（そんな……違う。自殺なんかじゃないはずなのに）

どうして今、自然と「自殺」だと思ったのか。こんな虐待を受け続けていれば、発作的に死にたくなってもふしぎはないと思ったからだ。

足を舐めろと言い、戯れに日本刀を突きつけ、そして池の中に突き飛ばした後、びしょ濡れの体を突然抱き締め、キスをした。

いじめたいのに、殺したいのに、どうしてキスなどするのだろうか。尚子の唇には、まだ生々しく皓紀の唇の感触が残っている。あの柔らかなぬくみを感じた瞬間、尚子は夢の中のあの女の子とのキスを思い出した。まさか、女の子は皓紀だったというのか。けれど、夢の中の尚子は、あの子どもを「女の子」と認識しているのだ。まさか、幼い頃の尚子は、皓紀を本物の女の子と思っていたのだろうか。

(わからない……何もわからない)

皓紀のことがわからない。そして、自分自身のことがいちばんわからない。ただひとつ、皓紀の唇に嫌悪感は覚えなかった。良樹にすら覚えた生理的な拒否反応が、皓紀にはなかったのだ。それを自覚した瞬間、途方もない罪を抱えたように思って、尚子は激しく泣き出した。

どのくらい泣いていたのだろうか。尚子は疲れ切って、いつしかそのまま寝入ってしまった。

＊＊＊

――ねえ。蝶のサナギの中ってさ、どうなってるんだろう。

子どもの純粋さと残酷さで、赤い着物の女の子と尚子は、躊躇いもせずサナギの殻を裂いた。

中では芋虫から蝶に変わる途中のふしぎな生き物が見られるだろうと思ったし、殻をノリでくっつけてあげればまた元に戻ると思っていたからだ。

けれど、サナギの中は、何もなかった。

正確には、ドロドロとしたクリーム状の何かが入っていただけだった。

尚子は泣き出し、女の子は驚いて思わず裂けたサナギを落っことした。これは、何なのだろう。芋虫は、どこへ行ってしまったのだろう。蝶になる前の生き物は、どこにあるのだろう。

女の子はサナギの中の奇妙なものを見つめて、呟いた。

――サナギの中って、あんななんだ。

――芋虫は、溶けちゃったの？　チョウチョにはなれないの？

尚子が泣いていると、彼女は安心させるように抱き締めて、その黒髪に顔を埋めた。

――大丈夫。今、きっと芋虫とチョウチョがドロドロになってるだけなんだよ。

泣き濡れた顔を上げてふしぎそうに少女を見ると、その目はキラキラと輝いて頬は興奮に紅潮している。

――すごいね、サナギって。尚ちゃんと一緒にサナギに入ったら、二人でドロドロになって、ひとつのチョウチョになるんだよ。

――二人で、ひとつのチョウチョに？

――そうだよ、尚ちゃん。一緒に綺麗なチョウチョになって、お空を飛べるんだよ。

女の子が言っていることはよくわからなかったけれど、一緒に飛べるならそれはきっと楽しいに違いないと尚子は思った。

裂いたサナギは丁寧にノリでくっつけてあげて葉っぱの上に置いておいた。いつチョウチョになるのかワクワクして見ていたけれど、ある日サナギは消えていた。恐らく、猫か鳥か、大きな蜘蛛にでも食べられてしまったのだろう。

でも、二人はそう思わなかった。きっとあのドロドロは短い間にチョウチョになって、どこかへ飛んでいったのだろうと信じていた。

サナギの中で、ひとつになって――。

＊＊＊

ふいに、ドアをノックする音で目が覚めた。

慌てて飛び起きてみれば、もう時計は十一時を指している。尚子は一瞬で青ざめた。もう皓紀の夕飯も入浴の時間も過ぎている。尚子が世話をしなければならないはずの日課を、すべてサボってしまったのだ。

『おい、尚子。俺だよ』

ショックで呆然としていたが、ドアの向こうから半ば苛立った声が聞こえる。最初は皓紀かと勘違いして身が竦んだが、それは三紀彦の声だった。それがわかった途端、別の意味で悪寒が走る。

『なあ、尚子。こないだは悪かったよ。俺も苛々しちまっててさ』

とにかく、開けてくれよ――ドアの外の三紀彦はそう呼びかける。尚子は慌てて服を着込み、どうしようかとドアの前に立ち尽くす。どうせ開けなくても三紀彦はどうにかしてここを開けてしまうだろう。それよりは、自ら開けて素早く逃げ場のある廊下へ出た方がいいかもしれない。

尚子は意を決してドアを開いた。そしてすぐに部屋の外へ滑り出て、再びドアを閉めた。

「おお、どうした。何慌ててんだ」

　尚子の俊敏な動きに、三紀彦は半笑いだ。今日はアルコールのにおいはしないが、過剰な香水に胸焼けがするようだった。

「何かご用でしょうか」

「まあそう警戒すんなって。今日はさ……面白い話、聞かせてやるからさ」

　三紀彦は意味深な笑みを浮かべ、上唇をちろりと舐める。

「お前の一年前の事故の真相だよ」

　尚子は目を見開いた。

（どうして、この人があの事故のことを……？）

　なぜ今更そんなことを話す気になったのか。そもそも、目的は何なのか。

　確実に怪しい状況なのに、尚子は三紀彦の話を聞かずにはおれない気持ちになっている。一年前の事故の真相――そんな言い方をするからには、あれは確実にただの事故ではなかったのだ。

「ここじゃなんだからさ、俺の部屋に来てよ」と誘いをかけ、「ああ大丈夫、部屋のドアは開けておくからさ。な？　尚子」と念を押すように付け加える。

　尚子の反応を見て、三紀彦は確実に釣れると確信しているようだった。尚子の中で警戒のアラームが大音量で鳴っているが、こんな情報を明かしてくれるのは三紀彦以外にはいないだろう。

「どうして、それを教えてくださるんですか。真相だなんて……」

「いやいや、わかってんでしょ？　尚子だってさあ。あれが普通じゃなかったなんてことさあ」

「でも……」

「あれ？　来ないつもり？　今じゃないと、俺気が変わっちゃって、一生教えてやんないかもしれねえなあ」

そう言われてしまえば、尚子の体は自ずと従順になってしまう。それを察した三紀彦は口元を歪ませて馴れ馴れしく尚子の肩を抱き、歩くのを促す。

「俺はさ、兄貴が隠したがってること、全部お前に話しちゃいたいんだよね。だってさあ、最近あいつひどいじゃん？　可愛い尚子にさあ。今日だって池に突き飛ばしたって聞いたぜ？」

以前ブスと言った同じ口で尚子を可愛いと言う三紀彦。どんなに目を凝らしても信頼できる点など見当たらないが、『一年前の事故の真相』という言葉に、尚子は抗えない魅力を感じてしまう。

　それにしても、尚子が池に突き飛ばされたことを三紀彦が知っているのは、やはり屋敷の中にいた人間が一部始終を見ていたからだ。そうすると、皓紀が尚子にキスをしたところも、見られていたのだろうか――そう気づいたとき、羞恥（しゅうち）で頬が燃えるように熱くなる。

　三紀彦の部屋は二階北側の突き当たりだった。言葉の通り、ドアを開けたまま、尚子を中に招き入れる。室内はさすがに雇われの立場である尚子の部屋とは違い広々としていて、アンティークの家具やカーテンやマントルピースなどの装飾が豪華だ。だが、恐らくこの部屋は三紀彦の趣味で誂えられたものではないのだろう。ほとんど外出していて帰って来れば寝るだけの部屋なのだから、それも当然かもしれないが。

　三紀彦は部屋にあったケトルで湯を沸かして紅茶をいれ、所在（しょざい）なく椅子に腰掛けた尚子に勧めた。

「まあ、まずは飲みなよ。尚子、夕飯も食ってないじゃん？　水浴びなんかしちゃって体も冷えただろうし、温まってよ」

　ブランデー垂らす？　と聞かれたが丁重に断って、ひと口だけ紅茶を飲んだ。三紀彦も美味そうに自分のカップで飲み、「さて……」と話を切り出そうとする。

　一年前の事故の真相――三紀彦の口からは一体何が語られるのだろうか。尚子は一言も聞き逃すまいと集中しようとするが、まだ寝起きのためか頭が上手く回らない。

「でさ……なあ、尚子。聞いてる？」

返事をしようとするが、舌がもつれて動かない。三紀彦の声が、水の底に沈んだようにぼやけて聞こえなくなる。そのうち、尚子は自分が椅子の背もたれにがくりと仰け反るのを感じた。

そう、ドアを開けたままといっても、何のことはない。獲物が意識を失った後で、閉めればいいだけのことなのだから。

第四章　愛欲

頭が痛い。全身が鉛のように重くて指先ひとつ動かせない。

この感覚には、覚えがあった。あの、一年間の眠りから目覚めた直後のことだ。まさかまた一年眠ってしまったのかと錯覚するが、薄ぼんやりと開けた視界には、いつも通りの自分の部屋の景色が広がっている。

(……あれ？　私、確か、三紀彦様の部屋に……)

起き上がろうとして、ずきりと頭が痛み、こめかみを押さえて枕に突っ伏す。しばらく痛みに呻いていると、何やら部屋の外が騒がしいことに気がついた。時計を見ると朝の七時——たちまち痛みも忘れて尚子は飛び起きる。皓紀が起きるのは六時なのだ。尚子は五時に起きて準備をしなければいけないのに、昨夜といい今朝といい、自分は一体何をしているのか。

（あっ。そうだ、昨夜……）

尚子はそのときはっきりと昨日の夜のことを思い出した。一年前の事故の真相を教えてやるからと三紀彦の部屋に招かれて、紅茶を飲んで、そして意識を失ったのだ。

尚子は愕然とした。今更、紅茶に何か入れられていたことに気がついた。目の前にぶら下げられた情報にばかり気を取られていて、あろうことか三紀彦の部屋で飲み物を口にしてしまうなんてと、自分の愚かしさに震え上がった。

怖々と体を探ってみるが、変化はないように思える。経験のない尚子には、その行為のために体がどうなるのかわからないが、何の痛みもないということはないだろう。強いて言うならば、池に浸かったまま風呂にも入らずにいたので、髪も肌も何だかごわごわしている感じがする。けれど、乱暴された形跡は見られない。

ほっとしたのも束の間、それではなぜ自分が三紀彦の部屋ではなく、自分の部屋にいるのかという疑問に行き着く。

（と、とにかく……皓紀様のお世話をしなくちゃ）

様々な疑問はさておき、自分の仕事をこなさなければならない。どれほどの仕打ちを受けたとしても、すでに皓紀の世話が日課として体に染み付いている尚子は、生真面目にもそれを遂行しなければならないという強迫観念があった。

慌ただしく身支度をして、急いで部屋を飛び出す。

するとそこは、蜂の巣をつついたような大騒ぎになっていた。

(何これ……一体、何があったの)

普通の状況ではない。屋敷の空気が違う。

使用人たちが皆顔色を変えて駆け回り、尋常でないことが起きたのを肌で感じる。

「あっ、真柴さん」

世良が部屋から出てきた尚子を見て歩み寄る。怒られるのかと思い、尚子は深く頭を下げる。

「世良さん、申し訳ありません。私ったら、寝坊してしまって。皓紀様のお世話もまだ全然……」

「いいえ、それどころではないのです」

言葉を遮って、世良は緊迫した表情で尚子の腕をとる。わけがわからないまま世良について行くが、人が次々に出入りし、ドアが開け放されたままのその部屋は、明らかに尚子が昨夜訪れた三紀彦の部屋である。

「先ほど鷺坂先生が到着されたところです。もうすぐ救急車も来ます。山奥のお屋敷は病院も遠いのが不都合ですが、三紀彦様は、もう……」

　部屋に入りながら世良が説明するが、尚子には何のことかわからない。三紀彦の部屋は、昨夜尚子が見た状態とほぼ同じだ。尚子が座って紅茶を飲んだ椅子とテーブル、格調高いアンティークの家具、そして隅にはキングサイズのベッドがあり、三紀彦はそこで大の字になって眠っている。

　ベッドの傍らにはスーツ姿の皓紀が立っていて、尚子は三紀彦よりもそちらに気を取られていた。ネクタイはまだ結んでいない。毎朝尚子が結んでいるので自分ではやり方がわからないのかもしれない。

　皓紀は尚子の方を振り向き、何も言わずに視線を世良に移した。

「世良、お母様が卒倒した。鷺坂先生が運んでいったが、今はそちらへ行ってやれ」

「は、はい、わかりました」

　暁子もこの部屋に来ていたらしい。緊迫した空気が流れ、使用人たちはオロオロとドアの付近を行き来するだけで、誰も三紀彦のベッドに近づこうとはしない。

　尚子を一瞥しただけで何も言わない皓紀に、尚子はおずおずと声をかける。

「あ、あの、皓紀様……」

　昨夜も今朝も満足な仕事ができなかったことを詫びようとしたとき、皓紀の口から衝撃的な言葉が飛び出した。

「三紀彦が死んだ」

「――え？」

「普段から使用していた薬物の量を間違えたらしい。馬鹿な奴だ」

言われて見てみれば、三紀彦の捲り上げた腕には新旧入り交じったいくつもの注射の痕跡があり、傍らには注射器と何かの包みが置かれている。そういえば、皓紀は三紀彦のことを酔ったときに「ヤク中」と言っていた。あれは麻薬中毒者という意味だったのかと今頃気づき、そして尚子は三紀彦が今ベッドの上で死んでいるという事実を発見し、両手で口を覆った。

三紀彦は目を開けたまま、横たわっていた。その顔色はどう見ても生きている人間のものではない。蜘蛛がその顔の上を這っていても、少しも反応しない。三紀彦の顔の上で、蜘蛛は笑っている。

鷺坂医師が来ていたのなら、死亡の確認も済んでいるのだろう。それでも救急車が来るというのは、最初に発見した誰かが慌てて呼んだからなのかもしれない。

（そんな……一体どうして!?）

三紀彦は、一体いつ死んだのか。昨夜は尚子と会っていたはずなのに――。

恐ろしい可能性に気がついて、尚子は慄然として立ち尽くした。

昨夜三紀彦の部屋に行ったところは、誰にも見られていない。このことは、秘密にしなくてはいけない。考えるよりも先に本能がそう訴えてくる。

「尚子。遅れたが俺はこのまま会社へ行く」

「えっ……」

「お母様は倒れてしまったしな。三紀彦はもうどうにもならない。とにかく俺には今日も仕事が山積みだ。支度を手伝え」

尚子は呆気にとられるが、そう言われてしまえばハイと頷くしかない。ベッドの上で冷たくなっている弟を残し、さっさと部屋を出て行く皓紀に、慌ててついて行く尚子。動揺して泣いている使用人もいる中、皓紀の顔は相変わらず白く、いつも通り冴え冴えとして美しかった。

＊＊＊

三紀彦は皓紀の言っていた通り薬物中毒で死亡していた。死亡時刻は真夜中の二時。尚子が三紀彦のノックで目覚めたとき、時間は夜の十一時だった。それから尚子が三紀彦の部屋で意識を失うまで、せいぜい三十分程度しか経っていない。自己確認だが尚子の体に犯された形跡はなく、いつの間にか自分の部屋で寝ていたのは、三紀彦か他の誰かが尚子を部屋まで運んだからだろう。

けれど記憶喪失を経験している尚子には、もうひとつの可能性が考えられてしまうのだ。

（まさか……私が、三紀彦様を殺してしまった……？）

尚子は紅茶に入れられた薬から目覚めた後に三紀彦を薬物中毒に見せかけて殺し、自分の足で部屋まで帰ったのではないか。そんなことが可能なのかどうかはわからないが、自分の記憶がまるで信用できない尚子はそんなことまで考えてしまう。

混乱したまま三紀彦の葬式を終えた日の夜、広間で親戚と飲んでいた皓紀に、もう下がれと言われて部屋に戻り、尚子は喪服を脱いで風呂も使わずに横になった。あまりの展開に、疲れ果てていた。

（どうしよう……私、あの夜最後に三紀彦様に会ったのかもしれない……それなのに、誰にも話してない……どうしよう……）

警察も天下の宝来グループの屋敷で殺人とあってはと一度屋敷を訪れたが、日々遊び歩き、しかも麻薬常習者で、次男でまだ学生だった三紀彦を殺しても現在得をする人物はさほどおらず、死に方も自己の過失である可能性が高く事件性はないと見て、一応屋敷にいた全員に死亡時刻のときのことを聞いた後すぐに帰っていった。時間が時間なので誰もが自室で眠っていたし、尚子もそう答えただけだった。まさか、夜三紀彦の部屋を訪れ、そこで意識を失ったことなどは話していない。

（どうして私は部屋で寝ていたの……？　一体誰が運んだの……？　それとも、記憶がないだけで自分で部屋に戻ったの……？）

尚子は頭を悩ませながら、浅い眠りに落ちていく。このままだと、悪い夢を見てしまうかもしれない――そんな確かな予感に怯えながらも、疲れた体は勝手に睡眠を貪ろうとする。

眠りと覚醒の間をさまよっていたとき、カチャリ、とドアの開く音が聞こえたような気がした。夢の中の音なのか、現実なのかわからずに微睡んでいると、何かの気配が近づいてくるのを感じ、やがてギシリとスプリングが軋んで、重みで尚子の体が傾いた。

はっと目を覚ますと、何者かが尚子の上に覆い被さっている。反射的に叫び声を上げそうになる口を塞がれ、侵入者は「シーッ」と人差し指を口に当てる。

（あ……、皓紀、様……？）

これは、現実なのだろうか。まだ黒いスーツ姿の皓紀が、寝ている尚子の上にいるのだ。サイドボードに置かれた淡いオレンジの照明に照らされた皓紀の顔は、アルコールのためか上気していて殊更美しく見える。しかし、なぜ皓紀がここにいるのだろう。尚子の頭は疑問符であふれそうになる。

皓紀はただ無言で尚子を見下ろし、酔っているのが明らかな顔には微笑さえ浮かんでいる。口に押し付けられた手は外されたが、尚子は叫ぶこともできずにただ呆然と主人の顔を見つめている。

「尚子……。お前、あの日の夜、三紀彦の部屋にいたな？」

尚子の頭は、真っ白になった。

あの日の夜とは、もちろん、三紀彦が死ぬ直前のことだろう。

（何で、皓紀様が、そんなことを知ってるの……？）

パニックになる。何も考えられない。違う、と声を上げたいのに、喉が引き攣って何も言葉が出て来ない。

「大丈夫だ……何も心配するな」

尚子の激しい動揺を眺めて、皓紀は夢見るように囁いた。

「あんな奴は死んで当然だ……前にお前が逃げ出したのは、あいつに襲われたからだったそうじゃないか……」

（あ……）

尚子はハッとした。今しがた耳にしたような口ぶり――皓紀は、やはりあのときにはその事実を聞かされていなかったのだ。

「あいつはもういない……お前に害をなす者が一人消えただけだ……もう、二度とお前を離さない……」

皓紀の様子がおかしい。酔っているためだけではない、不可思議な瞳の揺らめきに魅了される。何かが外れてしまったような――超えてはいけない場所を超えてきてしまったような――柔らかだけれど、それだけ不安定に形を変えてしまっているような――これまでの憤りを溜め込んで張りつめていた皓紀とは、まるで別人のようだった。

「俺が守ってやるからな。尚子……」

静かに、布団が捲られる。皓紀は尚子の上に体を重ね、熱い手の平でその頬を包み込んだ。輝く瞳にうっとりと見つめられ、その目の美しさに呆然としていると、気づけば皓紀の唇は尚子の唇と重ね合わされていた。

「ん……、あっ……」

ハッと我に返って反射的に僅かな抵抗を試みるが、皓紀の体の重みと力強さに、そんなものは無駄なのだと察して、スーツを摑んだ指先が震える。酒気を孕んだ熱い吐息が吹き込まれ、ぬるりと入り込んだ濡れた舌は尚子の前歯をなぞり、上顎をねぶって、奥へと潜り込んで凍りついている舌に絡みついた。

「あ、……」

思わず、尚子は小さく声を上げている。皓紀に舌を吸われて甘い痺れが体の奥を震わせる。頭の奥から意識の麻痺(まひ)するような甘美な毒があふれる錯覚。

(何……何なの、これ……)

初めての感覚に尚子は怯えた。尚子は、皓紀に再びキスをされている。これが夢なのか現実なのかわからないが、皓紀に口づけられていることは確かだ。

尚子の記憶にある良樹とのキスは、快感など微塵も感じず、ただ不快なだけだった。決して口にはしなかったけれど、良樹の舌をモンスターの触手と同じように考えるほど、尚子はキスが嫌いだった。

それなのに、皓紀とのキスは、まるで違っているのだ。唇の柔らかさも、濡れた舌の蠢きも、何も変わらないはずなのに、ぞくぞくと腰が熱く震えてしまうほど、気持ちがいい。口と口を合わせているだけなのに、血管に蜜を注ぎ込まれたかのように甘い戦(おのの)きが全身を駆け巡り、その舌を、歯ぐきを、唇を味わっているだけで、忘我(ぼうが)の境(さかい)に誘われてしまう。

(夢だ……これは、夢なんだ。こんなキス、現実のはずなんてない……)

皓紀は延々と尚子の口を吸っている。尚子もいつしか、夢中でその口づけに応えている。

皓紀の手はいつの間にかネグリジェをかいくぐって尚子の素肌を愛撫し、乳房を揉み、脇腹を撫でながら下がってゆく。唇は尚子の首筋を吸い、鎖骨を甘く噛み、そして丸い乳房の先端に舌を這わせる。その瞬間、甘美な快楽の波が全身を駆け巡り、尚子は仰け反った。

「あぁっ……」

自分でも信じられないような声を上げていた。夢だ、これは夢なんだ――そう自分に言い聞かせる声が、尚子に羞恥心を忘れさせている。皓紀の唇は乳輪ごと包み込み、濡れた舌は勃起した乳頭に絡みつき扱き立て、まるで赤子のように強く吸い上げる。

尚子ははしたなく身をくねらせた。そうしなければこの快さをどうすることもできなかった。汗ばんだ脚は自然と開き、皓紀の胴体はその間へ入り、美しい繊細な指先は下着をかいくぐり尚子の秘裂にいとも容易く到達する。指の腹が狭間をすべる感触に、尚子はそこがすでにたっぷりと潤っていることを感じ、困惑すると共に、興奮に胸を喘がせた。

「尚子……可愛いな……」

低く掠れた声で囁かれ、喘ぐ口を再び吸われて、尚子は酒に酔ったように熱く乱れる。

皓紀の指は巧みに尚子の花芯を探り、優しくそこを転がし、夥しい官能を呼び覚ます。くちゅくちゅという水音が響き、自慰すら経験のない尚子は何が起こっているのかもわからず、ただ快楽に追い立てられて震えている。

「あっ、あ……皓紀、様……」

「濡れやすいんだな、尚子……本当に可愛い……可愛いよ……」

　これまで聞いたこともないような甘い言葉。上気した顔に潤んだ瞳の皓紀は壮絶に艶かしい。忙しない息の合間に、可愛い、可愛いと囁きながら、ひとときも唇を尚子から離さない。指は絶えず蠢き、膨らんだそこを擦り立て、尚子は舌を吸われながら呆気なく達してしまう。ヒクヒクと数度腰が痙攣し、奥からじゅわりと熱いものがほとばしるのを感じながら、尚子は甘い夢に酔い痴(し)れている。これは何なのだろう——初めての軽い絶頂に、尚子は呆然として肉体が上り詰めるときの、その蜜の甘さを味わっている。

　もう我慢できない、という囁きを耳に聞いた後、尚子は下着を脱がされ、脚が大きく押し開かれるのを感じた。濡れそぼつそこに熱い何かが押し当てられ、強引に割って入ろうとしている。

　尚子が無意識のうちに少し抵抗して身を捩った瞬間、何か大きなものがぐぷりと濡れた音を立てて埋没した。

「あ……」

　目の前が、赤く染まる。火花が散って、意識が遠のきかける。

「尚子……辛いなら、俺にしがみつけ……」

皓紀の声は震えている。

「ああ……俺は、お前の中に入っている……お前の中に、とうとう……ああ……」

尚子の頬が生温い雫に濡らされる。皓紀は尚子を抱きながら泣いていた。尚子は激痛に悶えながら、皓紀に言われるままに、その背にしがみついている。

（ああ。これは、夢じゃないんだ）

あまりにも鮮やかな痛みに、尚子は揺すぶられながらはっきりと気づく。

これは現実だ。皓紀は、喪服姿のまま尚子を抱いている。尚子が朝に結んだネクタイを揺らしながら、陶然とした表情で、言いなりの奴隷を揺すぶっている。

驚きはなかった。心のどこかで、いずれこうなることを予感していたのかもしれない。皓紀はずっと全身で尚子を欲していた。その欲望を遂げられず、ねじ曲がった感情は暴力となった。皓紀の攻撃を受け止めながら、尚子は本能でその根底にあるものを察していた。

初めての引き裂かれるような痛みは、次第に尚子の興奮を煽ってゆく。そうだ、もっと痛みを感じなくては。この苦痛だけは忘れたくない。この人に抱かれたことを覚えていたい——そんな衝動に突き動かされ、尚子は全身で主人を受け止めた。

「くっ、ううっ、あ、はあっ、あ」

「はあ、はあ、尚子、尚子」

引き裂かれる痛みに赤い光が明滅する。皓紀の背に爪を立て、尚子は必死で苦痛をこらえ、唇を噛んで悶えている。

痛い、痛い。でも、もっと深く穿(うが)って欲しい。もっとたくさんの傷を付けて欲しい。

この体が決してこのことを忘れないように。眠りに落ちて目が覚めたそのときにも、はっきりと覚えていられるように。

「はあ、ああ、尚子、尚子……」

皓紀が動く度に激痛が尚子を貫く。けれどその痛みは尚子に悦びを与え、次第にそれはふしぎと快さと混じり合い曖昧になってゆく。

今この体に埋没している硬いものが、皓紀の欲望なのだ。剝き出しの彼の本能なのだ――そう思うと、尚子は愛おしさと、哀れさと、何か形容し難い感激のような衝動が身のうちに涌き起こり、もっと感じたいと熱望してしまう。

「あ、あ……」

尚子は必死でしがみついた。皓紀の肉体は火の玉のように熱く燃え上がっている。腰を振って額に汗を滲ませながら、食い入るように尚子を凝視し、絶え間なく唇を求める。

「ああ、尚子……このまま永遠に抱いていたい……お前をもう片時も離したくない……」

平生(へいぜい)の皓紀からはかけ離れた、言葉、表情――その瞳のきらめきはほとんど常軌を逸し

て熱病にかかったかのように熱狂的な執着を孕み、焼け付くような視線は尚子にのみ注がれ、他の何も見えてはいない。

尚子は皓紀の情熱の炎に巻かれるように、ただその体を受け止め、息苦しいほどの接吻を、甘い囁きを、灼熱の欲望を味わっている。

しんと冷えた秋の宵闇に、二人は汗みずくになって一個の塊となり蠢いていた。皓紀の言葉の通りに永遠とも思えるような長い夢に、尚子は身も心も蕩けてこの夜の暗黒の一部となってしまうような幻を見た。

「あ、あ……、皓紀様……」

「っ……、尚子……っ」

ほとんど無意識に、喉を震わせ皓紀の名を呼ぶと、尚子を穿つ凶器が更に膨れ上がる。絞り出すような声で呻いた後、皓紀は大きく胴震いして、動きを止めた。

体の奥に、じわりと広がっていくものがある。皓紀は尚子を固く抱き締めたまま、頬ずりをし、口を吸い、離れるのを恐れるかのようにしがみついている。

そうするうちに、下腹部に埋められたままのものは再び芯を持っていく。

「ああ……尚子……ようやく手に入れた……」

熱に浮かされたような声で皓紀は喘ぐ。尚子の黒髪を指に巻き付け、頬に擦り付けながら、恍惚として再び腰を揺らし始める。

「もう離さない……ずっと離さないぞ、尚子……」

甘い声音なのに、それは脅迫に近い凄味を孕んでいる。尚子は盛んに穿たれながら、形容し難い心地に浸っている。

ああ、捕まったんだ。いいえ——捕まえた？

夢見心地で、ただ、そう思いながら。

＊＊＊

三紀彦の葬式の夜、尚子を抱いてから、皓紀は豹変した。

これまで理不尽なまでにいじめていじめ尽くしていた尚子を、今度は人目もはばからず猫可愛がりするようになったのだ。

何をされても従うしかなかった尚子の苦痛は、その日を境に形を変えた。やはり言いなりになるしかない立場であるものの、それは罵倒され嘲笑される辱めから、常に人の気配を感じながら皓紀の過剰な執着を受けなければならないという羞恥になった。

皓紀の求めを、尚子は拒むことができない。それは立場上のことでもあるが、どういうわけかそんな気持ちが起こらない。ただ、皓紀に寄り添うままに、乞われるままに、尚子は主人の命令を聞いている。

「尚子。ワインが飲みたい」

「……はい。皓紀様」

皓紀はグラスでワインを飲まなくなった。すべて最初に尚子の口に含ませた後、それを口移しにさせるのだ。

これまで皓紀が食事をとる際には給仕をする立場だった尚子が、今では隣に座らされ、共に食事をとらせられながら、飲み物の口移しを乞われている。

「ん……、もっと近くに」

腰を抱き寄せられ、尚子は皓紀の着物の胸に縋りつくような体勢になって唇を合わせる。尚子の口から皓紀の口に赤ワインが注がれると、皓紀はそれをお互いの口の中で舌で掻き混ぜるようにして少しずつ飲むのである。

そうされると、尚子はさほどアルコールには弱くないはずなのに、あっという間に酔いが回って酩酊状態になる。

「もう顔が赤い……尚子は可愛いな……」

唇の端からこぼれた赤ワインを、皓紀の舌が辿る。そんなところまで垂れてはいないはずなのに、その舌はブラウスのボタンを外しながら胸の谷間へと落ちてゆく。

「はあっ……、ああ、皓紀様」

酔いに目眩を覚えながら、尚子は皓紀のところ構わない愛撫を受ける。食堂にはあらかじめ皓紀が人払いをしているため誰もいないが、ドアのすぐ外には何人もの人間が忙しく立ち働いているはずだ。それなのに、皓紀は少しもそれを意に介さない様子で、尚子の体を執拗にいじくり回す。

（三紀彦様がついこの前亡くなったっていうのに……）

皓紀が三紀彦の死を悲しむことは一度もなかった。葬式の翌日から尚子にべったりと貼り付くように執着し始めたのに、屋敷の人々も奇異の目を向けるのを感じていたが、尚子はどうしようもない。

「やはりお前にはこの色が似合うな……今度別のデザインのものも買って来よう」

乳房を揉みながら、その淡い水色の下着を見て変に冷静に皓紀は呟く。下着もそうだが、尚子の着ている服はすべて皓紀に買い与えられたものだ。尚子に特に好みがないので、皓紀は勝手に様々な服を買ってきて尚子に着せる。

いつしか皓紀の膝の上に脚を開いて向かい合わせになって座らされている尚子は、下腹部にすでに昂った男のものを感じている。その硬さに、ついこの前まで処女だった尚子は頭の蕩けるような欲望を覚えてしまう。

(汚いって思ってたはずなのに……今まで一度もしたいと思ったことなんかなかったはずなのに……)

今では皓紀にキスをされて胸を揉まれているだけで下着をぐっしょりと濡らしてしまう。あの初めての夜以来、皓紀が尚子を抱かない日はなかった。夜だけと言わずその気になれば場所がどこでも皓紀はすぐに尚子を欲しがり、尚子も初めて覚える肉体の快楽に溺れ切っていた。

(欲望を包み隠さず訴える皓紀様が……なぜだか愛おしくて……これまであった壁が綺麗に取り払われて……ようやく、生身のこの人を見ているような気がする……)

ずっと以前に、優美が皓紀に向かって「ある意味純真無垢」などと言っていたけれど、そのときの尚子にはまるで理解できなかった。尚子にとって皓紀はただ傲慢な君主であり、そんな言葉とは真逆のように思えていたからだ。

(でも、今ならわかる……この人はいつだって自分の気持ちを抑えられない人……それでも、これまで必死で抑え込んできたものがあふれてしまって、すべてを私にぶつけてくる……)

一度肌を合わせたからなのだろうか。尚子が逃げ出した理由を知ったからなのだろうか。

それとも、三紀彦の死が関わっているのだろうか。

尚子には何もわからない。今まで尚子を突き放すようだった皓紀が、今では尚子を欲して縋りついている。そんな皓紀を愛おしいと思う心は否定できず、尚子はただ、ありのままに受け止めている。

「尚子、腰を浮かせて」

皓紀に囁かれ言われた通りにすると、美しい指先が尚子の下着を引き下ろす。布地からつうっと透明な糸が引いているのを見て、皓紀はますます息を荒くしている。

自らも焦れるように裾を捲って下着を下ろし、完全に勃ち上がったものが露になる。そのまま腰を下ろして、と命令され、尚子は従順に自らの肉体に反り返るものを迎え入れる。

つやつやとした大きな亀頭を呑み込むと、「ふうっ」と獣じみた荒い息が漏れた。一気に大きく拡げられる感覚に、腰が痺れて甘い甘い感覚が体の隅々まで流れて、奥から愛液がじわりとこぼれ出るのを感じる。そのままゆっくりと腰を下ろし、血管の浮いた逞しい幹をずぶずぶと埋没させてゆくと、その大きく笠を張ったエラが敏感になった媚肉を捲り上げていく得も言われぬ感覚に、尚子は陶然として目を閉じ唇を震わせた。

「ああ……すごい。ぎゅうぎゅうに締め付けてくるよ、尚子……すぐいってしまいそうだ」

「も、申し訳、ありませ……」

「いいよ、気持ちいいから……すごくいいよ、尚子……」

ずっぷりと奥まで呑み込むと、最初は痛いだけだった最奥が男根に押し上げられ、尚子は目の前が白くなるほどの快感を覚える。軽く達した尚子を抱き締め、皓紀は夢中でその口を吸った。ブラジャーからはみ出した尚子の乳頭を転がしながら、尚子の震える舌を味わい、皓紀は巧みに腰を回し始める。

もう、とうに食事どころではなくなっていた。奥をぐりぐりとこね回されて、背筋を電流が走るような甘美な快楽が駆け抜け、尚子は目を潤ませてよがり泣く。

「あ、ああ、皓紀様」

「びしょ濡れだね尚子……お前は最初から感じやすかったな……こんなに可愛い顔が見られるなら、もっと早くにこうするべきだった……俺は馬鹿だな……」

荒々しい息の合間に、本当に悔しがっているような口調で呟きながら、皓紀は尚子の腰を摑んで盛んに抜き差しを始める。

「ふあっ、あっ、ああっ、ひあ、あっ」

「ああ、尚子、尚子っ……」

ぐちゃぐちゃと大きく粘ついた水音が食堂に響き渡り、尚子は後ろでひとつに束ねた長い黒髪を揺らしながら仰け反って喘ぐ。狭いぬかるんだ道を太く逞しい陽根が勢いよく掻き分け、擦り立て、最奥の敏感な場所を幾度も突き上げられて、尚子は皓紀の頭を抱えて快楽に激しく震えてオーガズムを感じている。

　皓紀は尚子の乳頭をきつく吸い上げ、乳輪を舐め回しながら、普段の冷たい人形のような表情など欠片もない、蕩け切った顔で尚子を味わっている。

　本能を剝き出しにしているこんなときですら、皓紀は美しい。最も原始的で動物的な行為をしているはずなのに、食事の席でセックスに耽ってしまうような理性の欠片もない蛮行に溺れているはずなのに、すべての行為が皓紀に触れられると洗練された優雅な香りをまとってしまう。皓紀のどんなにみだらな表情も、どんな体液のにおいも、花々が甘い蜜の香りで虫を誘うように尚子を誘惑し、浅ましく興奮させる。

　皓紀は別人のようになったが、尚子も別人になった。二人は交わることで別の生き物に変わってしまった。

「ああ、もう少し、動きたいな……尚子、テーブルに腹這いになって、腰を突き出して」

　皓紀は椅子の上での不自由な動きに焦れたのか、テーブルの上の皿を脇へ避け、そこへ尚子をうつ伏せにさせる。すぐに後ろからずぐりと性器を挿入し、皓紀は思うままに腰を振り立てる。

「んんんっ！　ふううっ、うあっ、あっ、あ、あ」

尚子は白いテーブルクロスを掻き乱しながら、強い衝撃に押し潰されるような嬌声を上げた。じゅぼじゅぼと夥しい愛液が掻き回され飛び散る音が掻き鳴らされ、尚子は自分が恐ろしく興奮し濡れそぼっているのを感じている。

（どうして、こんなことが気持ちいいんだろう……体の中に、あんな大きなものを入れられて……何も考えられなくなっちゃうくらい頭が真っ白になって、体が熱くなって……）

肌寒い気温の中、尚子はブラウスが肌に貼り付くほどに汗をかいている。硬くなった乳首が冷たいテーブルに擦られて気持ちがいい。皓紀は尚子の丸い尻を両手で揉み合わせながら、「尚子はここも好きだろう」と尚子が感じる敏感な場所を浅く小刻みに捲り上げる。

「はあっ、あ、そこはっ、ああっ、皓紀様、あっ」

尚子の声がひときわ高くなり、鼻から抜ける息が甘く掠れる。上に乗って自分で動けと言われると、尚子はついそこばかりを擦ってしまう癖があり、皓紀はそれを目ざとく覚えているのだ。

「すごい、ますます濡れてきた。お前は本当にここが好きだな」

「ああっ、はあぁ、あう、あ、あ……」

尚子のこぼした蜜は粘り気を増し、皓紀に掻き回されて白く泡立って太腿を伝う。

「いきそうか？　尚子……いくときはいくと言え」

「あ、はあっ、はい、い、いきそ、です、あ、あっ、あっ」

皓紀は集中的に尚子の快楽の花を散らしてゆく。燃え上がるような官能のほとばしりに溺れ、絶頂の光を目前にしてもがき、震える熱い肌に玉の汗を浮かべて尚子は全身を硬直させた。

「あううっ、あ、あ、は、うあ」

悲鳴のような声で喘いだ。ぎゅうと中の皓紀を締め付けてしまうのを自分でも感じながら、尚子はぶるぶると痙攣して達した。知らず知らずのうちに関節が白くなるほどに握りしめたテーブルクロスはぐちゃぐちゃになり、頂点を通り過ぎた後の幸福な空白に尚子は酔い痴れ、下腹部が熱く蕩けるのを感じている。

「く、ああ……すごい、またあふれてきたな……」

皓紀の指が絶頂にヒクヒクと痙攣している花びらをぱっくりと開く。「んうっ」と甘い声が鼻から抜け、尚子の蜜壺からごぽりと泡立つ愛液がこぼれ出る。

「ここを拡げると、気持ちいいか？　尚子……」

「あっ、あ、いい、気持ちいい、です」

「もうこんなに拡がっているのに……尚子は欲張りなんだな……」

皓紀は尚子のそこを左右に拡げたまま抽送を繰り返す。入り口の敏感な粘膜を擦られる感覚がより鮮やかになり、尚子の声は甘い快楽に再び切羽詰まってゆく。

「はあっ、ああっ、ふあ、あ」

「たまらないな、尚子……お前が感じやすくて嬉しいよ……ああ、もっと感じてくれ……」

「ああ、あう、あ、皓紀、様っ」

皓紀はぬかるんだそこへ更に指をこじ入れ、臍の裏にある硬く膨らんだしこりを転がす。

「ひ、あっ、うあ、ああっ」

甘い圧迫感と鋭い刺激に、尚子の腰が激しく痙攣する。漏らしてしまいそうな感覚が突き抜け、尚子は焦った。

「だめえ、だめです、そこ、だめっ」

「いいんだ、尚子、出したかったら出せ」

「そ、そんなっ、あ、いや、あ、ああっ」

尚子の懇願も虚しく、皓紀は執拗にそこを指で押し上げ、尚子はテーブルクロスをもみくちゃにして、ビクリと大きく震えた。ぷしゃっと何かの透明な液体がほとばしり、びしゃびしゃと足下の床を濡らす。とうとう、小水を漏らしてしまったのかと呆然としてい

たが、あの特有のアンモニア臭はしない。

「よかったか？　尚子」

「あ……、よく、わかりません……」

今のは、何だったのだろう。ただ羞恥心と解放感があり、達した後のような疲れが下腹部にわだかまっている。

「お前の体は可愛いな……どこもかしこも素直に反応する……」

ようやく指を抜き取られ、ホッとする。ぐったりとした腰を摑んで皓紀は尚も腰を振る。

味わうようにぐりぐりと奥で回され、ゆっくりと濡れた膣肉を抉られながら、尚子は連綿と続いてゆく悦楽に蕩け切っている。

（恥ずかしいことをたくさんしている……恥ずかしいところをたくさん見られている……なのに、気持ちよくておかしくなりそう……）

「あ……あぁぁ……」

尚子は幾度目かの忘我の淵に追いやられ、高い声で叫ぶ。

全身が燃えている。皮膚の下の血の道が甘く膨れ、体中の毛穴が汗を噴き、下腹部をしとどに濡らして、尚子は皓紀の欲望を、その熱を心ゆくまで味わっている。

「ああ……俺も、もうだめだ」

皓紀は切羽詰まった声を上げ、尚子の腰を掴んで夢中で腰を使いながら、急激に絶頂に向かって上り詰めていく。達した状態の続いている尚子は甘い声を上げながら、暴走する皓紀のものを食い締め、涎を垂らして無意識のうちに腰を悩ましく蠢かせる。

「くうっ、うう……っ」

射精する瞬間に、皓紀は尚子の中から男根を抜き取り、吐精した。尚子の尻に温かなしぶきを散らし、先端でそのまま擦り付ける。

「ああ、辛いな……抜くと、寂しい……ずっと尚子の中に入っていたいのにな……」

切なげなため息をこぼしながら、皓紀は尚子に覆い被さって愛おしげにキスをする。尚子は快感の名残を追いかけながら、皓紀の舌を吸っている。そのまま二人は食べかけの夕食を放置して皓紀の部屋へ移り、ベッドの上で裸になって飽きもせずに交わり始める。

ずっと皓紀の人間味のない冷たい顔ばかり見てきた尚子は、皓紀がこんなにも体を重ねることに執心することが驚きだった。尚子とて性的なこととは無縁の暮らしをしていたのに、こんなにも夢中になってしまうとは思わなかった。

皓紀と抱き合っていると、どろどろに溶けてそのまま混ざり合ってしまいそうだ。何も考えずに貪り合うのがひどく心地いい。なぜこんな愉快なことを今までせずに生きて来られたのかふしぎで仕方なかった。

夜中に暁子の叫び声が屋敷に轟き、今夜も発作が起きたことを知る。暁子は三紀彦が死んで以来、発作の頻度が高くなった。錯乱状態になった暁子は、三紀彦の死と夫の死を混同しているのか、「死んだ！　憎たらしいあいつがとうとう死んだ！」と高笑いをしていることもあった。

（三紀彦様の死には、私が関わっているかもしれない）

尚子はそう思いながらも、決してそれを口にすることはできない。ただ一人、その事実を皓紀だけが知っていて、そして尚子は自分が犯したかもしれない罪を握っている皓紀に、ますます深くのめり込んでゆく。

二人は暁子の甲高い絶叫を聞きながら、延々と行為に耽っている。皓紀の男根は衰えを知らず、求められるままに受け止める尚子も貪欲に快楽を飲み干していた。

服を脱いだ皓紀の体は見事な筋肉に覆われていて、アスリートのように引き締まっている。忙しい仕事の合間にジムにでも通っているのだろうか。女性的な美貌からは想像もつかない男性美の極致のような見事な裸像に、尚子は身を投げ出したいような衝動を覚える。

そうして二人で無我夢中になって抱き合った後も、皓紀はずっと尚子の長い黒髪をいじりながら、その体を離さない。皓紀の硬い胸板に寄り添っていると、根拠のない幸福を感じるのが我ながらふしぎである。

「尚子の肌はこんなに熱いのに、尚子の髪はいつも冷たい」

指に巻き付けた髪を頬に当てながら、皓紀はふしぎそうに呟く。その口ぶりがまるで幼い子どものようで、尚子の頬は緩む。

「髪に血が通っていたら、切るときに大変ですから」

「でも、お前の髪は生きている。俺が大切に育ててきたんだからな」

皓紀は尚子に髪を切るなと命じてずっと伸ばさせてきた。もちろんある程度の長さで定期的に切り揃えてはいるが、それ以上短くすることは許されなかった。

「どうして皓紀様は、長い髪がいいんですか」

「……好きにできるから」

皓紀は尚子を抱き締め、頭に顔を埋める。

「幼い頃、お前の髪をいじって遊んでいた。三つ編みにしたり、二つに縛ったり、お団子にしたり……黒くて冷たくてなめらかで、甘い香りがして……触っていると、とても心地よかったから」

「皓紀様が、私の髪を結んだんですか」

「女の子同士のような遊びをよくやった。……俺は昔から女物を着せられていたからな。お前は多分、俺のことを本当に女だと思っていた」

（やっぱり、そうだったんだ）

夢の中の、赤い着物の女の子はやはり皓紀だった。尚子は実生活の記憶をなくしていたくせに、幼い頃の思い出は夢の中で思い出していたのだ。

「お前の髪に蝶が止まったことがあった。あんまり綺麗で、そのまま髪飾りにしたいくらいだった」

「蝶が？」

「うちの庭には蝶がたくさんいるからな。庭師に命じているんだ。害虫以外の虫の卵は残しておけと」

——虫の卵。幼い頃から皓紀はあれが好きだった。

夢の大学生活の中でも、尚子は虫の卵の並ぶ様を強く意識していた。女子高生のネイルのストーン。無個性な自分。

「あの頃がいちばん楽しかった。お前が、俺が男だと気づくまでのあの時間が」

「気づいた後……どうなったんですか」

「お前はよそよそしくなった」

皓紀は淡く吐息する。

「誰かに教えられたんだろう。俺との立場の違いを。自分の負っているさだめを。あんなにたくさんの約束をしたのに、お前はいちばん近くにいながらいちばん遠い存在になった」

（たくさんの約束……）

夢の中の少女の言ったことは朧げに覚えている。置いて行かないこと。ずっと一緒にいること。そして多分――いつもキスをすること？

（夢の中で、あの子と私はキスをしていた。子ども同士の、遊びのキス……）

けれど、皓紀を女の子と思い込んでいた尚子と、皓紀との間には明確な意識の違いがあったのかもしれない。

皓紀はいつしか尚子の隣で眠りについている。尚子はそっと自分の部屋に戻ることもできない。なぜなら、皓紀に髪を捕われているからだ。

皓紀は尚子の黒髪を体に巻き付けて眠るのを好んだ。首や腕や指に巻き付けて、尚子に縛り付けられるように感じるのがいいと言う。けれど縛り付けられるように感じているのは尚子の方だ。皓紀がそうやって尚子の髪に絡まっていれば、彼が眠っている間も、髪をざんばらに切ってしまいでもしない限り、彼女は主人から離れられないのだから。

（蜘蛛の卵みたい……）

ふと、尚子はそう想像する。蜘蛛は卵を産むと、それを守るために柔らかな糸を巻き付けて卵嚢という丸い塊を作る。蜘蛛の子の揺り籠だ。尚子の髪に包まって眠る皓紀は、蜘蛛の糸に絡まって眠る子どものよう――けれど、美しい皓紀は蜘蛛というよりは蝶だった。

尚子は皓紀との愛欲に耽る日々の中で、次第に三紀彦の死の恐怖を忘れかけている。あれは本当に事故だったのだ、三紀彦が自分で薬の量を間違えてしまったのだ、と信じられるようになり、皓紀が尚子のあの夜の居場所を知っていたのは、きっと三紀彦が行為に及ぶ前に気づいて止めに入ってくれたからなのだ、という考えに行き着いた。そして皓紀は眠ったままの尚子を部屋に戻し、計画が失敗した三紀彦はつまらなく思って麻薬に耽り、そしてそこで事故が起きてしまったのだ、と。

考えてみればそれが最も自然な成り行きである。ただ、気になるのはやはり三紀彦が言っていた「一年前の事件の真相」だ。本当は何も知らないくせに、そう言えば尚子が部屋までついてくると思ってでまかせを口にした可能性も大きいが、もしも本当に何か知っていたのなら、とても惜しいことをしてしまった、と思う。

尚子に対して野蛮な行為を働こうとしていたことは今でも憎いが、若くして命を落としてしまった三紀彦のことは哀れと思う。けれど、こういう関係になった皓紀にすらあの事件のことは聞けないし、後で駆けつけた優美は何も知らないはずだし、尚子が落ちる直前に何があったのか知っている人間はこれで存在しなくなってしまったかもしれない。

（私はまだ何も思い出せない……皓紀様に幼い頃のことを聞かされても、夢で見たことを覚えているくらいで、他は何もない……）

もしかすると、このまま永遠に思い出すことはないのかもしれない。けれど、それでもいいと、最近では思うようになっている。

尚子を手に入れた皓紀は幸福そうだ。もう虐待することはないだろう。尚子の生活は皓紀を中心に回っており、その暮らしの中に支障がなければ構わない。尚子の貞操を脅かす三紀彦は死んでしまったし、暁子はそれ以来おかしくなって発作が増えてしまったが、そのためにろくに部屋から出て来なくなった。尚子はこれまで通り皓紀の世話をし、会社へ行き、そして頻繁に呼び出され、夜は皓紀に抱かれて朝を迎えるといった生活で、記憶を取り戻さなければ不都合があるということは、今ではまったくなくなっていた。

（これも、ひとつの幸せと言えるのかもしれない）

皓紀の寝息を聞きながら、尚子もゆっくりと眠りに落ちる。

夢の中では女の子にしか見えない幼い皓紀と、幼い尚子が戯れている。

――尚ちゃん。サナギごっこをしようよ。

皓紀が提案し、尚子が頷く。尚子は横になって部屋の絨毯の上に丸まり、じっとしている。

——尚ちゃん、春が来たよ。尚ちゃんはモンシロチョウになるんだよ。

皓紀が囁くと、尚子は横になったままもぞもぞと蠢いて、服を脱ぎ始める。そして素裸になって立ち上がり、両手を大きく上に向け、パタパタと羽ばたく真似をする。皓紀は着物を脱がず、長い袂を同じく翅のようにして動かしながら、円を描くように尚子と二人で部屋中を走り回る。

二人はやがてベッドの上に転がって、お互いをくすぐり合ってキャッキャと笑っている。皓紀は裸の尚子の肌を犬のようにペロペロと舐め始める。何をしているの、と尚子が笑うと、

——お父様がお母様にこうして遊んでいたんだよ、と皓紀は答える。

——お父様はいつもお母様を打ったり蹴ったりしていじめているから、きっとごめんねっていう意味なんだよ。

——皓ちゃんは私をいじめてないじゃない。

——だから、これはごめんね、じゃなくて大好きだよ、っていう意味だよ。

皓紀の小さな舌はくすぐったくて、尚子はずっとクスクスと笑いながら身悶えている。

——じゃあ、私も皓ちゃんを舐めなくちゃ。

尚子がそう言うと、皓紀はちょっと考えて、残念そうに首を横に振る。

——だめ。お着物を脱ぐと、お母様が怒るから。

どこを舐められてもくすぐったくて、尚子はずっと笑っている。皓紀の舌がまだ無毛のそこへ辿り着いても、汚いよ、と言うだけで抵抗しない。

――そんなところ舐めてたら、おしっこが出ちゃうよ。

――出してもいいよ。尚ちゃんのおしっこ出すとこ見たいから。

やだよ、変だよ、と言いながら、尚子はそこを舐められると、くすぐったさの他に奇妙な心地よさがあることに気がついている。

尚子は空を飛ぶ蝶から水の中を泳ぐ魚になっていた。キラキラと光る青い水を掻き分けて身をくねらせる小さな魚。ゆるゆるとして柔らかな快楽。まだ官能など露程も知らない尚子は、その感覚を素直に受け止め、楽しんでいる。皓紀の舌は尚子の皮膚を優しく舐める水の流れ。いつか裸で川を泳いだあの感覚に似ていて、尚子は川のにおいを仄かに思い出している。

二人で小さく笑いながら秘密の遊戯に耽っていると、いつの間にか窓の外は暗くなっている。そろそろ違うことがしたいな、と思って顔を上げると、薄く開いたドアの隙間から、血走った目がこちらを凝視していることに気がついた。

「――――」

声にならない叫びを上げて、尚子は目を覚まして飛び起きる。

「どうした、尚子」

朝の白々とした光の中、皓紀の声はなぜか足の方から聞こえてくる。見れば夢の中と同じように、尚子の脚の間に体を埋め、秘部を舐めている皓紀がいた。

夢の原因がわかり、尚子は脱力してベッドに倒れる。戯れの過ぎた、幼い頃の夢だった。あれが本当のことかただの夢なのかわからないけれど、最後のあの目は誰だったのだろう。

「何をしているんですか……」

「いや、眠っている間に舐めたらどういう反応をするかと思って」

皓紀は眠っている尚子の秘所を舐めてどんな風になるのか観察していたらしい。

「おかげで、おかしな夢を見てしまいました」

「へえ。どんな夢だ」

言い様、皓紀は尚子にのしかかり、太腿を抱え上げて硬くなったものをずぶりと挿入する。皓紀の舌の愛撫にすっかり潤っていたらしいそこは苦もなく剛直を受け入れ、食い締めたものの太さに歓喜を露にしてヒクヒクと蠢いている。

「また、幼い頃の、夢です……皓紀様が、私の体を、舐めていて……」

ゆっくりと腰を回されながら、尚子は肌を火照らせて喘ぐ。

「そういえば、そんな遊びもしたな……俺が男と知ってお前が冷たくなったのは、きっとそんなことまでしてしまっていたからなんだろう」

　どうやら、実際にやっていた遊びだったらしい。キスをしたり、裸にしたり、体を舐めたり——たとえ本当に同性同士だったとしても、度を越した遊びと思える。けれど、頬を紅潮させて夢中で尚子を愛する皓紀の顔を見ていると、幼い頃の自分も、この類い稀な美貌に魅せられていたのではないだろうかと思う。絶世の美少女が、取り立てて何の突出したところもない、それどころか醜くすらある自分を欲してくれているのだ。ずっと一緒にいてとねだり、尚子の姿が見えなければ泣き出してしまうような甘えん坊な女の子。尚子はきっと美しい友達が泣くのが嫌で、逆らえなかったに違いない。

　このまま過去のことを思い出せないかと色々と想像してみるものの、快感に流されて何もわからなくなってしまう。

「皓紀、様……、お勤めが」

「まだ時間はある……またしばらくお前に会えなくなるんだ、今のうちに少しでも味わっておきたい」

　しばらくと言っても、どうせ尚子が出社してすぐに呼び出してしまうくせに。

　最近はとみにひどくなったと『ほうらいケア』の同僚も文句を言っていたが、何か上からお達しでも来たのか、以前のように尚子に気安く話しかけてこなくなった。呼び出された先の本社でも人目をはばからず尚子にキスをしたり抱き寄せたりと好き放題に振る舞うため、すでに周囲には知れ渡っている。けれど、尚子が気になっているのは、記憶を失う以前のことだ。

(世良さんは私がひどくいじめられていたとき、以前の皓紀様もそうだったと言っていたけど……)

尚子を最初に抱いたあの夜、皓紀は「とうとう手に入れた」と感激して涙までこぼしていた。となると肉体関係はなかったようだが、二人はどんな距離感だったのだろう。『ほうらいケア』の同僚たちは尚子がいじめられていると思っていた。世良もそんなようなことを言っていたが、すべて本当かどうかわからない。

(優美さんに聞けばわかるのかもしれないけど……今の私は以前にも増して自由な時間なんかない)

会社など行く必要があるのかと思うほど、尚子が呼び出される頻度は高い。そもそも尚子が皓紀とは別の会社に配属されているのは暁子の意志だそうで、皓紀自身は職場も同じ場所にしたいと思っていたようだ。

尚子が逃亡した直後、屋敷に出入り禁止になった優美だが、今はその制約も曖昧になったらしく、時々暁子の具合を診に来る鷺坂医師と共に宝来家を訪れる。けれど大抵時間が食い違っていたり、優美が来ていても皓紀が側から離してくれなかったりで、ここのところ顔も見ていないのだ。

　皓紀の余裕のなさは落ち着くどころかどんどんひどくなる。例によって呼び出され、八王子の会社から電車に乗って新宿に着いたとき、皓紀は尚子を引き入れたロールス・ロイスの中で挑んできたのだ。

「皓紀様、何もこんな場所で」

「今すぐお前が欲しい。もう半日以上会っていなかった」

　確かにその日は夕方からの呼び出しで、外は大分暗くなっていた。しかし窓は外から見えない仕様で運転席と後部座席の間にもカーテンが引かれているものの、一枚ドアを隔てた外は多くの通行人が往来しているのだ。それに、運転手にも見えずとも声が聞こえてしまう。けれど皓紀はまるで頓着せずに尚子を抱き締め、飢えていたように幾度も角度を変えて深い口づけを繰り返しながら、スーツの上から胸を揉み、太腿を撫で、興奮し切ってブラウスのボタンを引きちぎり、タイトスカートを捲り上げストッキングまで破いてしまう。

　その乱暴で性急な振る舞いに怯えながらも、そこまで自分を欲してくれるのかと、皓紀の執着に尚子はのぼせた。

これまでずっと冷たくされ、虐待され、ひどい仕打ちを受け続けてきただけに、豹変してからの皓紀はほとんど別人のように感じられるほどだ。「綺麗だ」「可愛い」と甘い言葉をこれでもかと吐き出し、性的に未熟で固く閉ざされていた尚子の体を呆気なく開いてしまうほどに執拗に、抱き続ける毎日。

けれどこうなってみれば、以前からずっと大した用もないのにしょっちゅう呼び出されていたというのは、同僚の言うようないじめではなく、尚子の顔がただ見たかったからなのではないか。母親の命令に逆らえず違う場所で働いているものの、学生時代は片時も離れずにいた尚子が側にいないことで、皓紀は不満を感じていたに違いない。だからどうでもいい用事を口実に尚子を呼び寄せ、心を慰めていたのではないか。

「ああ、尚子、尚子、尚子……っ」

狂おしいほどに名前を呼び、破れたストッキングから覗く下着を脇へ避けて、そのまま剛直をずにゅりと挿入する。「ああ」と媚びるような高い声が鼻から抜ける。濡れやすい尚子のそこは皓紀の大きなものを嬉しげに呑み込み、尚子は挿入の衝撃に軽く達してしまい、車のシートを軋ませて大きく痙攣した。

上でまとめた髪はすでに乱れて剝き出しの肩にこぼれている。皓紀は汗で首筋に貼り付いた黒髪に鼻を埋めるようにして深く息を吸い込みながら、荒々しくスーツを着たままの腰を打ちつける。

「ああ……スーツ姿のお前を抱くのもいいな、尚子……」

「でも、皓紀様の、スーツが、皺に……」

「平気だ。今日はもう誰かと会う用事はない。それにスーツの予備はいつでも用意してある。なければその辺で買えばいい」

買えばいいと言っても、皓紀の着用するような高級なブランドはそうそうどこにでもあるものではない。一声かければ誰かがすぐに買いに走るのだろうが、少し前までその役目を請け負っていた尚子としては、誰かにそんなことをさせるのは気が進まなかった。

シートに押し倒され、正常位で貫かれながら、尚子は車の中で交わるという、日常的な生活の中にある非日常の背徳的な行為に紛れもない興奮を感じている。けれど、通行人もそうだが、近くにいる運転手に声を聞かれるのが恥ずかしくて、必死で唇を噛んでいる。

「うっ、ううっ、はあ、う」

声を我慢すればするほど、中の皓紀の存在を感じてしまって、快感に流されそうになる。お互いスーツを着たままの行為で、動く度に硬い生地の擦れ合う音が響き、それが背徳感を増して尚子を余計に感じさせる。

パン、パン、と肉と肉の合わさる音が響く。皓紀の逞しい律動に車は揺れてしまっているはずで、走っているときはいいものの、信号で停まりでもすると通行人が妙に思うのではないかと気が気でない。

（ああ、なんだか、いつもより太い……気持ちいい……）

緊張しているせいで尚子が締め付けているためだろうか。ぬかるんだ粘膜を擦り上げるペニスの存在をいつもよりも強く感じ、尚子は酔ったように仰のいて快感を味わった。

あまり脚を開けない不自然な体勢で交わっているせいか、ぎゅぽぎゅぽと狭い場所に捩じ入れられる肉棒の形がつぶさにわかってしまう。大きく張った肉傘の味わいや太い幹のうねり、奥を立て続けに突かれる切ない悦び、道半ばのしこりを押し潰されるような甘い甘い快感――。

「はあっ、はあっ、ああっ、ふあぁ」

尚子は涎を垂らしながら皓紀の大きなものに溺れている。皓紀の汗の香りを胸一杯に吸い込み、口を合わせ舌を絡めてくちゅくちゅと唾液を掻き混ぜながら、夢中になって男の背にしがみついている。

「奥が、降りてきたぞ……早いな」

「あっ……、そ、そんな」

耳元に吹き込まれるように囁かれて、尚子はビクビクと震える。

「感じやすいお前は可愛い……恥ずかしがるなよ……いくときはいくと言え」

唇を舐められ、深く舌を吸われる。強靭な腰の動きは激しくなり、ぐちゃぐちゃずぼずぼと水音は大きく響き、大きな亀頭は敏感な子宮口を絶え間なく突き上げ、尚子は皓紀に強くしがみつき、キスをされながら、ぶるぶると震えて絶頂に飛んだ。

「ふあっ、あ、いく、いきま、あ、ひぁ、は、あぁぁ」

目の前が真っ白になる。車の中なのに。運転手もいるのに。外には大勢の通行人がいるのに——そんな雑念はあっという間に吹き飛び、尚子は目を白くしてヒクヒクと痙攣している。

「いったか、尚子……ああ、すごいな……俺のスーツもびしょ濡れだ……」

皓紀はうっとりと尚子の顔中を舐めながら腰を振り続ける。奥に当てたままぐりぐりと回したり、激しくピストンを繰り返したりと動きを様々に変え、尚子がその度に愛液をしとどにこぼし、立て続けに達するのを楽しんでいる。

「ああっ、それ、だめえ、だめです、あ、皓紀、様あ」

「お前は達している最中に奥ばかり刺激されるのが好きなんだな……その顔を見ているだけで、俺もいきそうだ……」

皓紀は自らの上唇を舐めながら、すっかり乱れた髪を額に垂らして興奮に目を潤ませている。尚子の首筋に滲む汗を舐め、ブラジャーからこぼれ出た乳首を執拗に吸いながら、ふうふうと荒い息を吐いて休むことなく尚子の柔らかな体を突き上げている。

「んうっ、ひう、あっ、ああっ、また、またいきそ、で」

「ああ……俺も、そろそろ、だ……」

尚子は破れたストッキングの太腿を皓紀の胴体に絡ませ、スーツの背中に強く爪を立てる。皓紀の息が切羽詰まり、腰の動きは小刻みになって、尚子は革張りのシートの上で面白いように揺すぶられる。

「ひぁ、あっ、あっ、あ、い、いく、あ、あ……っ」

「くっ……、尚子……っ」

二人は固く抱き合い、同時に達した。そのとき丁度車が赤信号で停車し、ひときわ大きく車が揺れたのは外の人にもわかったはずだが、尚子はもうそんなことは頭から消えていた。

不自由な体勢で性急なセックスを貪るのは、緊張するがその分妙な快楽があった。どちらともなく唇を寄せ合い、快感の名残を惜しむようにいつまでも舌を絡めている。

「いつまでも耽っていたいが……目的地までそう遠くないからな……あまりゆっくり楽しめそうにないな」

乱れた髪を手で後ろへ撫で付けながら、皓紀は口惜しそうに呟く。

「今夜はこのまま、ホテルに泊まる。夕食もそこでだ。明日の会議が早いんでな」

「え、このまま……？」

「お前も一緒の部屋に泊まれ」

「い、いいんでしょうか……」

「お前の仕事は俺の世話だろう、尚子。俺がホテルに泊まるのならお前が帰る必要はない」

最初からそのつもりで呼び出したらしい。尚子は明日の出勤のための用意を何もしていないことに不安を覚えるが、それは皓紀がすべて整えてくれるだろう。

車内で慌ただしく行為を終えた頃、ロールス・ロイスは目的地の高級ホテルへと辿り着く。いつもはゴムをつけず外に出すだけで、いつも「お前との間に何かがあるのが嫌だ」と、そのままの抜き身を挿入する皓紀だが、今回は手間を省くためかいつの間にか避妊具を装着していた。

妊娠してしまうかもしれないし本当はいつもつけて欲しいのだが、尚子は何も言えずに抱かれている。皓紀とてそれは理解しているようで、「できたら必ず産め」と言っているが、尚子は暁子の反応が怖くて妊娠を恐れているのだ。

皓紀はホテルに到着すると内部のショップでボロボロになった尚子のスーツの替わりの服を買い、最上階のスウィートルームでルームサービスを頼む。大きな窓からは東京の美しい夜景が一望でき、尚子はそのロマンティックな眺めに嘆息した。

そこでいつものように二人でべったりと頬を寄せ合い、口移しにシャンパンを飲み合って食事をした後、皓紀はおもむろに妙なことを言い始める。

「尚子。縛ってみてもいいか」

「え……縛るって、私を、ですか」

そうだ、と頷いて、皓紀は鞄の中からずるりと麻縄を取り出してみせる。

「試してみたくて、買ってきた」

用意のよさに少々呆れるが、「皓紀様がお望みなら」と言う他ない尚子は、命令されて一糸まとわぬ姿になり、皓紀の縄を受けることになった。

先ほどロールス・ロイスの中で交わったばかりだというのに、皓紀の欲望には終わりがない。尚子は緊張しながらのセックスにかなり疲れているというのに、この主人は体力が有り余っているのだろうか。

皓紀は初めてとは思えない手つきで尚子を縛り上げていく。当然こんなことをされるのは初めてで、なぜそんなことがしたいのか理解に苦しむものの、体を締め付けられていくにつれて、おかしな気持ちになってくる。

尚子は上半身を亀甲縛りにされ、後ろ手に腕を縛られて、足以外が動かせなくなった。縄が食い込み、むっちりと張った乳房が押し出される。脚の間にも縄は通っていて、少し動くだけで玉状に結ばれた縄の瘤(こぶ)が尚子の秘部にめり込み、刺激されてしまう。

皓紀は尚子を縛っている最中から興奮していて、スーツの前をパンパンに張らせていた。

「お前、全体的に肉付きがよくなったな。胸も大きくなった」

突き出した丸い乳房をそっと撫でながら、甘い声で囁く。

「皓紀様が、痩せるなと仰るから」

「丁度いい。縄が食い込んで、よく映える」

完成した尚子の緊縛姿を満足げに眺めると、跪(ひざまず)け、と命令する。尚子は上半身を縛られた不自由な体のまま、膝をつく。スウィートルームの床は高級絨毯の柔らかな感触で、少しも尚子の膝に負担はかからない。

「そのまま、口だけ使って、舐めてみろ」

皓紀はスーツの前を開け、勃起したものを取り出して尚子の口元に押し付ける。

フェラチオをするのは初めてではないものの、こんな格好にさせられたままするのは経験がない。尚子は躊躇いがちに口に含むが、手を縛られていて指で性器を支えられないので、口全体を使って奉仕しなければならなくなる。

「お前の唇は豊かで、心地いいな……」

尚子の髪を掻き混ぜながら、皓紀自らもゆるゆると腰を蠢かせる。すでに先走りの滲んだ先端を舌先で刺激し、体液を啜りながら、尚子は喉の奥まで含んでみる。皓紀のものは長過ぎてすべて収め切れないものの、喉の最奥に当てると粘度の高い唾があふれて男根に絡まり、唇での愛撫がしやすくなる。

（皓紀様の、大きい……こんなもの、いつも入れられてるんだ……）

尚子は皓紀を丁寧に口で愛しながら、無意識のうちに腰を揺らしている。特に、張り出した笠の部分の感触が好きで、尚子はこれに自分の気持ちいいところを盛んに捲り上げられる蕩けるような快感を思い出し、勝手に秘裂を濡らしてしまう。

縄に擦れて膨れた花芯が、少し動くだけで包皮をつるりと剝かれて、縄の瘤に直接刺激され、尚子は頬を赤くして息を荒らげてしまう。体が興奮状態に入ると、肉体を締め付ける縄が、尚子を抱き締める皓紀の執着のように思えて、その全身の擦れる感覚にすら甘美な悦楽を覚えてしまう。

亀頭を集中的に吸いながら体を揺らしていると、縄に擦れた秘部はひとりでにくちゅくちゅと濡れた音を奏で始め、まるで今頬張っているものが尚子の秘裂を擦り立てているような、そんな気分にまでなってくる。

「ん、ふ……は、あふ、んん」

知らず知らずのうちに、尚子の口からは悩ましい声が漏れている。奥まで呑み込めば、膣の奥まで突き立てられ、最奥を刺激される快感を連想し、弾力のある幹をしゃぶっていれば、力強い動きで中を掻き回されるあの恍惚を思い出す。

「ふうっ、んん、ん、んうっ……」

興奮し切って勃起した花芯がひときわ強く縄に擦られた瞬間、尚子はビクビクと震えて達してしまった。

「縄だけで達したのか……可愛いやつだ」

感心したように呟く皓紀の声も、欲情に掠れている。少しも触れられずに、ただ皓紀のものを舐めていただけなのにこんなに感じてしまったことに、尚子は驚き、恥ずかしく思った。けれど、初めての縄の感触が何とも言えず心地よくて、軽く達した後も、思わず体を揺すってしまう。

「やはり、口でいくのはもったいないな……お前の中に入れたい……」

「あ、皓紀様……」

皓紀は尚子を抱き上げ、そのままベッドの上に押し倒す。強引に脚を開かされると、くちゅりと音を立てて花びらが糸を引いて開く。

「内股までずぶ濡れだぞ」

皓紀は低く笑いながらからかい、秘部に食い込んでいた縄を指で強引にずらし、そのままぐぽりと激しい水音を立てて逞しいものを押し込んだ。

「ふああっ、あ……」

その焼け付くような快感に、尚子は仰け反って絶頂に達する。縛られてひどく敏感になった体は達しやすくなっていて、先ほどの花芯への刺激よりもより深いオーガズムに激しく腰が戦慄(わなな)いた。

「あ……、ああ……、すごい、皓紀様……」

「お前がこんなに縄が好きだとはな……屋敷にも常に用意しておこうか……」

たっぷりとぬかるんだ蜜壷にゆっくりと奥まで押し込むと、皓紀は深く熱い息を吐く。

「ああ……この眺めは、最高だな……」

縛られて迫り出した乳房を両手で揉み、乳頭を指の腹で転がしながら、皓紀は尚子を突き上げる。尚子は縄の快感と皓紀の愛撫とで今までにないほど感じていて、屋敷とは違って他人を気にする必要もないためか、絶頂の波が頻繁にやって来る。

「あうっ、ああ、はあっ、はあっ、ああっ」

「すごい、中が動いている……尚子、今夜は随分感じているな……」

尚子の反応に小さく笑いながら、皓紀は明らかに劣情に火をつけられたように股間を硬く漲らせている。

「縄がいいのか、尚子……縛られるのが好きなのか……」

「ん、ふうっ、う、あ、す、好き、です……っ」

「ふふ……お前がこんなにみだらだとは思わなかった……」

快楽に溺れてよくわからずに返事をしてしまう尚子を見つめ、皓紀はうっとりと微笑んでいる。

「お前が側にいると、お前のにおいを嗅いでいると、お前の熱を感じていると、俺は際限なくお前が欲しくなってしまう……様々なことを試して、そのすべてにどう反応を示すのかを見たくなってしまう……」

囁きながら覆い被さり、皓紀は情熱的に尚子の唇を求める。濡れた肉厚な舌で尚子の口を執拗に味わいながら、皓紀も屋敷の外に出て解放的になっているためか、普段よりもよほど饒舌に愛を囁き始める。

「ああ、尚子……俺はお前がずっと欲しかったんだ……お前が俺の性別を知って一線を引いたときも……お前が恋をしてその視線を俺から外すことが多くなったときも……俺はいつでも、お前を見ていた……お前の一挙手一投足を見つめて、お前の行動すべてを支配していれば、お前は俺のものだと思い込んでいたんだ……」

尚子は快楽に溺れ夢見心地になりながらも、皓紀の心を絞るような告白を鮮やかに聞いている。

（私が恋をした……きっとその相手が、良樹だったんだ……）

皓紀がひどく酔って尚子に日本刀を突きつけたあの夜。皓紀は初めて、自ら逢沢良樹が尚子とどんな関係にあったのかを示唆したのだ。優美の情報では、尚子の高校の同級生で、傷害事件で補導された人物。けれど、どうして皓紀が良樹の名前を聞いて最初あれほど動揺したのか、長いことわからないままだった。

「俺はお前に嫌われていることを知っていた……お前は俺を嫌いながらも、その身を縛る負債から仕方なく俺の下僕となっていた……俺は、そんなお前を無理矢理手籠めにすることもできたかもしれない……でも、できなかった……お前にこれ以上憎しみを向けられるのは耐えられなかった……だから、お前に恋する男たちすべてを、退けてきた……」

尚子が、皓紀を嫌っていた——果たして、そうだったのだろうか。あんな際どい秘密の遊びをするほどに心を許し、惹かれていた相手を、男の子だったからといって、そこまで憎むことができるだろうか。記憶のない尚子にはわからない。

皓紀は夢中で腰を振りながら、喘ぐように告白を続けている。

「お前に恋する男がいても、お前は相手を認識すらしていないことがほとんどだったから、よかった。俺は少し相手に思い知らせてやるだけで、危機を回避することができた。でも、あいつは……逢沢だけは、違った。お前自身も、あいつに惹かれていたんだからな……俺とは違って、どこまでも優しく、誠実で……少しも高慢なところがない、あいつの柔らかさを、お前は好いたんだろうな……」

皓紀の語る良樹の像は、尚子の夢の記憶にいた良樹とも重なっている。良樹は優しく、誠実だった。付き合っているのに頑なに体を許さない尚子を愛し、結婚したいとまで告げるような、真面目な青年だった。

「今までのようなやり方ではお前をあいつから遠ざけられない……俺はそう思って傷害事件をでっち上げてあいつを退学にしてやった……」

尚子の中の皓紀が一層張りつめる。皓紀の射精が近いのを感じて、尚子は快楽の狭間から主人の汗に濡れ、歪んだ顔を見ている。過去の罪を告白しているはずなのに、皓紀は著しく興奮していた。それが奇妙だった。尚子の縛られた皮膚の上の汗が冷えてゆく。

「そのときは勝ったと思ったが、お前は俺がすべてを仕組んだことを知っていて、ますます俺に対して無表情になった……それでも俺はお前が他の男の目を引くのが我慢できなく

て、大学生になっても化粧をするのを禁じていた……他の女たちが身を飾り立て、化粧で男を誘惑する中、お前はひどく地味で、長い黒髪で顔を隠した陰気な、男に興味を持たれない、俺だけの奴隷になっていった……っ」

皓紀は尚子を骨が軋むほど強く抱き締め、激しく腰を突き入れた。いつものように射精する直前に抜き取るかと思われた性器はそのままに、皓紀は尚子の中で達した。

「あ……、皓紀様……」

「……ああ。しまった。中で出してしまったな」

ぼんやりと呟いて、皓紀は尚子の唇を甘噛みした。世の中のルールなど気にしないタイプに見える皓紀だが、意外に世間の決まり事や慣例などは遵守する姿勢がある。夫婦間以外での妊娠はとりあえず避けているようだが、それも『常識』として行っているだけであり、実際尚子が孕むことを恐れているようには見えない。むしろ今は意図的に中で射精したようにも思える。

じんわりと温かく下腹部を濡らしてゆく皓紀の精に、尚子は呆然とした。初めに抱かれたとき以来の感覚だった。

「そんな顔をするな……前にも言ってあるだろう。子どもができたら産めと……誰にも文句は言わせない。もちろん、母にも、な」

皓紀は火照った頬を緩めて美しい微笑みを見せる。確かに皓紀ならば目的を達成するためならばどんなことでもしてそれを叶えるだろう。良樹の罪をでっち上げてまで退学に追い込んだ、彼ならば。

（化粧をさせない理由も……そんなことだったなんて）

あまりにも子どもじみた真相に、尚子は少し呆れてしまう。化粧をしない女が好きなのかと思っていたが、そうではなかったらしい。男の目を向けさせないためとは、滑稽だったが、それだけ皓紀が思い詰めていたことも想像できて、そのいじらしさに微かに胸が痛んだ。

（でも、傷害事件をでっち上げるなんてひどい……私が好きになったせいで、こちらの世界の良樹には悪いことをしてしまってたんだ……）

夢の記憶の中で良樹を恋人にしていたのも、もしかするとその罪悪感からだったのかもしれない。けれどふしぎなのは、皓紀の口ぶりでは二人は相思相愛だったようなのに、夢の中では、尚子はそれほど良樹に夢中になっていなかったことだ。キスすら気持ちが悪いと思い、セックスだって決してしたいと思っていなかった。ただ一緒にいるのが楽という理由で良樹の告白を受け、恋人になっていたに過ぎなかったのだ。

どこか違和感を覚えながら、尚子は縄を解かれた後、肌に残った赤い縄目の痕を眺めて、随分と妙な体験をしてしまった、と思った。皓紀にその気があるのは感じていたが、まさか本当にSMのように縛られるとは。しかも、それで自分も感じてしまうとはたわいない。

皓紀は愛おしげに尚子の赤い痕をなぞりながら、いつものように髪に頬ずりをしている。

「随分、喋ってしまったな……俺が、嫌になったか？」

「いえ……。でも、どうして話してくださったんですか」

「お前を縛って安心したからかな……拘束してしまえば、逃げられないだろう？」

そう言って皓紀は笑うが、冗談に聞こえない。今は縄が解けているはずなのに、まるでまだあの乾いた感触が肌に食い込んでいるように錯覚する。

「俺は……お前から青春を奪っていた。化粧やおしゃれをして楽しむ、女の楽しみも……。今では悪かったと思っている……だから、これからはお前に何でもしてやりたいんだ。服だって化粧だって、何でも買ってやる。何でもしてやる」

「そんな、皓紀様……」

急に媚びるようなことを口走り始めた皓紀に、尚子は戸惑う。

「私、元々身を飾り立てることに興味はないんです。それに私なんか、化粧をしてもしなくても、変わりません」

顔に何かを塗りたくるのは嫌だったたし、服装もまるで関心がなかった。記憶をなくしていたって、趣味嗜好がさほど大きく変わるとも思えない。

「前に三紀彦様にもブスと罵られて……私だって一度も自分の顔がいいと思ったことなんかありません。化粧をしたって、どうせ……」

「お前は、自分をわかっていない」

皓紀は真顔で首を振る。

「俺は昔から、お前ほど綺麗な女はいないと思っていた。素顔がいちばん美しいが、化粧をすれば恐ろしく映える顔だ」

「そ、そんな……」

美しい、綺麗などと初めて言われた。それは皓紀のためにあるような言葉ではないか。

「実際化粧したのを見たらわかりますよ。私なんか大したことないって」

「見たことがあるから言っている」

尚子はキョトンとして皓紀を見た。化粧をするなと命じたはずなのに、化粧した顔を見たことがあるとは、どういうことなのだろう。

「随分昔の話だがな。母が雛祭り（ひなまつ）が好きで、俺は男だというのに、毎年立派な七段飾りを置いて親戚を集めて宴を開いていた。その際に、俺はお雛様、お前は官女のような格好をして場を盛り上げた。そのときにお前は白粉（おしろい）を塗られて紅を引かれ、幼いながら綺麗に化粧をされていたんだ。……皆見惚れていた。俺と並び立つとまさに雛壇に置かれた人形のようだと言われてな」

そんなことがあったのか、と驚いた。確かに、皓紀の母、暁子は皓紀を女の子として育てたかったようだから、そんな催しを開くのもあり得そうだ。もしかすると、お雛様が好きで、誰か他の男の子でなく、尚子が皓紀の世話役になることを許可したのだろうか。お雛様の世話をするのは、少女である官女でなければならないのだから。

「親戚の中には、いずれあの子を貰いたいなどと言い出すエロ親父もいてな……それ以来、俺は駄々をこねて母にお前に化粧させるのをやめさせた。お前を写した写真もすべて捨ててしまった。お前の特別な姿を、誰にも見られたくなかったから」

「ああ。それで、写真が一枚も……」

「世良がお前の記憶が戻る助けになればと探したらしいな。だが、残念ながらそんなものはどこにもない。普段からほとんど写真になど収まらないお前だったが、数少ない写真も俺が処分してしまったしな。せいぜい、学校の卒業アルバムくらいだろう」

アルバムならば、入院していたときに世良に見せてもらった。他に尚子の写真は見つからないと嘆いていた世良だが、その原因が皓紀だとは予想もしていなかっただろう。

ふいに、ベッドの上に投げ出した手の甲を何かがくすぐるような感覚に視線をやると、屋敷の中でもないのに、小さな蜘蛛がそこにいる。尚子にはなぜか、それが元々このホテルにいたものではなく、屋敷にいたものだと判別できた。

（いやだ、ついてきちゃったの？）

尚子が今夜は屋敷に戻って来ないと知っていたのだろうか。思わず頬を緩めると、皓紀が怪訝な顔をする。

「どうした、尚子」

「あ……今、手の上に蜘蛛がいて」

「そんなもの、どこにもいないじゃないか」

もう一度見ると、確かにいない。周囲にも見当たらないし、すぐにどこかへ逃げてしまったらしい。

「なあ、今度、化粧をしてみるか。俺と同じように着物を着て、髪を結って……お前の髪の長さと量なら、地毛で髷も作れそうだな」

尚子を手に入れたためか、禁じていたという化粧を勧める皓紀に、尚子はふしぎな心地になる。こんなにも愛され、制約も解かれ、尚子が忘れてしまっている過去の罪までも告白してくれているというのに、まるで自由になった気がしないのはなぜなのだろう。

（虐げられていたときだって、私に自由はなかった。でも今は、以前よりもっと一緒にいる時間が増えたからかもしれない。それに、一緒にいるときはいつでも体が触れ合っているし、寝るときまで私を抱き締めて私の髪に包まっている……)

それに、今日は直接体を縛り上げられ、そのまま情事に耽ってしまった。そしてがんじがらめの尚子に安堵したように、皓紀は様々なことを告白し始めたのだ。

(この人は、私を縛り付けていないと、だめなのかもしれない。そうすることでしか、安らかに眠ることもできないのかもしれない)

広いベッドの上でも、相変わらず屋敷でするように尚子の黒髪に絡まって、皓紀は寝息を立てている。その姿は、サナギごっこをしているときのように丸まって、胎児のように安らかだった。

第五章　覚めない夢

その日も、尚子は一晩中皓紀に求められ、疲れ果てて眠っていた。

翌日は休日のはずだったのでのんびりとしていたが、急に主要な工場で問題が起き、更に現場責任者が急病となるなど突然のハプニングが続いたらしく、皓紀はすぐに会社に出向かなくてはならなくなった。

「尚子はまだ寝ていろ。せっかくの休みなんだ」

皓紀はまだベッドにいるよう尚子に勧めたが、さすがに主人が出社しているのに尚子がゆっくり寝ているわけにもいかない。だが尚子がふと目を覚ましたときには皓紀はすでにすべて準備を整えていて、尚子にはネクタイだけ結ばせてすぐに屋敷を出て行ってしまった。

再び眠るつもりなどなかったのだが、思わず、尚子は皓紀の香りの残るベッドでうとうとと微睡んでしまう。ここのところ疲れが取れない。皓紀の愛し方が日々執拗になっているせいだろうか。今日だって急用がなければきっと一日中ベッドの上から離してもらえなかっただろう。もはや病的といえるほど、皓紀の執着は粘度を増している。

(昨夜は、全身を舐められた……)

子どもの頃の遊びと同じだ。けれどあの頃のように無邪気な戯れではない。本当に食べられてしまうのではないかと思うほど、皓紀はじっくりと尚子の肌を楽しんでいた。特にそこへの愛撫はしつこくて——尚子はあふれるほどに蜜をこぼし、幾度も達した。

——子どもの頃、父と母の情事を覗き見てな……。

皓紀は尚子をねぶりながら語っていた。

——だが、あのときはあれを情事だとは思っていなかった。父は母にいつも暴力を振るっていたから、あれは仲直りの方法だと思っていた。

皓紀の話では、父、喜高はひどいサディストで、常に妻の暁子をなぶって楽しんでいた。そしてその体を執拗に玩弄(がんろう)し、もてあそび続け、暁子は現在の発作を起こすようになってしまったのだという。

——あれを見て、俺は昔お前の体を同じように舐めた。あの遊びをやめてからも、俺はお前の肌を舐めたくて仕方がなかった……。

皓紀の性癖は、両親の異常な営みによって歪められたのかもしれない。父親のように暴力を振るわないだけ随分とましだが、それでもあまり普通のセックスとは思えないものが多い。

（でも……普通のセックスなんて、誰にもわからないのかもしれない）

すべては男女の間で秘かに交わされる行いだ。どの恋人たちが、どの夫婦らが、どんな行為をしているかなんて、誰もすべてを把握してなどいないのだ。密室で交わされる愛の形など、それぞれ違っていて当たり前なのかもしれないが、少なくとも世の恋人たちがこんなに疲労困憊するほどの愛を日々交わしているとは思えなかった。

三十分ほど、微睡んだだろうか。尚子は目を覚まし、時計を見て、さほど眠っていなかったことに安堵し、起き上がって裸の肩から夜具を落とした。

ふと、何かの視線を感じて悪寒が走る。この感覚は以前も味わった。一体どこで。

怖々と扉の方を見ると、いつの間にかドアが薄く開いている。そしてその隙間から、血走った目がこちらを覗き込んでいた。

気づいたときには、尚子はけたたましい叫び声を上げていた。扉はギイと軋んだ音を立てて開き、ぬうっと入ってきたのは顔面蒼白の暁子だった。

「あなた……どうしてこんなところにいるの」

桔梗模様の浴衣を着ている。最近発作が激しくほとんど部屋から出ない暁子は、今もベッドから出てその足でやって来た格好らしい。

「あたしが目を離している隙に、皓紀を誘惑したのね……使用人の分際で！」

「あ、暁子様……」

「危ないとは思っていたんだよ！　お前は昔から皓紀を狙っていたからね！　いやらしい子だ、さすが真柴家の娘だよ！」

髪を振り乱し、唾を飛ばして暁子は喚く。つかつかと歩み寄ったかと思うと尚子の腰にまとわりつくシーツを剥ぎ取って、叫び声を上げる尚子の長い黒髪を力任せに引っ摑む。

「今度こそ許さない！　出て行け、出て行けえ！」

「痛いっ、やめて、やめてくださいっ」

尚子の悲鳴は暁子の興奮を煽るだけだ。小柄な体からは想像もつかない力で暁子は尚子をベッドから下ろし、そのまま髪を摑んで二階の部屋から玄関まで引きずっていき、寒空の下へと放り出す。裸の尚子は恐怖と寒さで激しく震えながら、どうすることもできずにしゃがみ込んでいる。

「さあ、お前には布切れひとつやらないよ！　裸のまま出て行くんだ、この恥知らず！」

「暁子様、落ち着いてください！」

　慌てた様子で鷺坂医師と世良が玄関に駆け込んでくる。今日は早くから診療に訪れていたらしい。暁子は鷺坂医師の腕を振り払って鬼の形相で叫んだ。

「先生、離してくださいな。こいつが出て行かないんなら、主人の刀で叩っ切ってやる！　こいつは皓紀の部屋で寝ていたのよ。おぞましい姿で！」

「奥様、お部屋に戻りましょう。一眠りしてから美味しい朝食を召し上がれば、ご気分もよくなりますよ」

「子ども扱いしないで！　この屋敷の主人はあたしですよ。あたしが出て行けと言ったら出て行くしかないんですよ」

　暁子の暴れぶりは手がつけられない。尚子は必死で自分を抱き締め裸の肌を隠しながら、このままではどこにも行けずにうずくまっている。

　鷺坂医師は世良に暁子を任せ、尚子に近づいてスーツの上着を脱ぎ、その肩にかけながら耳打ちする。

「尚子さん、ここは仕方ない、一度屋敷を出ましょう、さあ」

　尚子は震えながら頷き、老医師の手を借りて立ち上がった。背中を「出て行けえ、二度と戻ってくるなあ」という暁子の耳をつんざくような叫びが追いかけてくる。

　鷺坂医師の車に乗り込むと、ようやく世良が暁子を屋敷の中へ連れ戻したようで、外は静かになった。「先生、ありがとうございます」と尚子がか細い声で礼を言うと、穏やかな顔をした老人はため息をこぼしながら、車を発進させる。

「あの家は代々神経の弱い人が多いのです。うちは昔から宝来家を診ているから慣れているのですが、記憶のないあなたでは、さぞかし驚かれたでしょう」

　尚子は首を横に振る。暁子や皓紀、そして今は亡き三紀彦の屋敷での異常な振る舞いは散々見てきた。皓紀は暁子が憎悪を向けるのは男だけ、と言っていたが、それは少し違っていたようだ。

「奥様もじきに落ち着かれるだろうから、きっとすぐに戻れますよ。それまで、うちにいなさい。優美もあなたを歓迎するでしょう」

「すみません……鷺坂先生……」

　鷺坂医師は尚子が皓紀の部屋に裸でいたことには言及しなかった。宝来家の主治医をやっているのだから、とうに二人の事情は知っているのだろう。暁子だけが知らずにいて、今日初めて気づいたからああまで癇癪を起こしたのだろうか。

（それにしても、あの目……）

　夢で見た幼い頃の記憶。皓紀と戯れているとき、ドアの隙間から誰かに見られていたのに気づいたところで、夢は終わっていた。暁子は「あんたは昔から皓紀を狙っていた」と言っていたが、やはりあの目は暁子だったのだろうか。小さな皓紀が自分と夫の閨を覗き見てそれを真似ていたことを、暁子はどう思っていたのだろう。

鷺坂家は宝来家から車で二十分ほどの場所にあり、あの屋敷よりは民家の見られる街らしき場所に建っているが、やはり物寂しい田舎の風景が広がっている。近年建て替えたのか、新しく清潔なモノトーンのモダンな建物で、道路側に面した窓も大きく、やはり白黒で統一されたインテリアの置かれた広間に眩い陽光の降り注ぐ、明るい家だった。

裸同然の姿の尚子と戻ってきた父親に、居間で紅茶を飲みながら新聞を読んでいた優美は驚いた様子だったが、すぐに尚子を自分の部屋に連れて行き、ワードローブを開いて好きな服を選ぶように言った。

「裸で外に放り出すとか……昼ドラみたいないじめぶりだね」

服を着て温かな飲み物を与えられて、ようやく人心地ついた尚子に優美は軽く冗談を言う。なんだかとても久しぶりに会ったような気がして、尚子は優美を眩しく見つめた。優美も今日は休みらしい。鷺坂医師は所用があると言って再び家を出て行った。

「それにしても、あなたと皓紀、やっぱりそうなっちゃってたんだね」

「知ってたんでしょう、優美さん」

「まあ、話くらいは聞いてたけど」

優美はホットココアにマシュマロを入れて搔き混ぜながら、化粧気のない白い頬に長い睫毛の影を落とす。

「皓紀はずっとあなたに夢中だったから予想はついてた。でも、あなたはどうなの、尚子さん。無理してない？」

「私は別に無理なんか……ただ、いじめられるよりはずっといい」

確かにね、と言って優美は笑う。

「それなら、皓紀のことは嫌いじゃないってことね」

「そう、思うけど。愛してるかどうかはわからない」

「でも、セックスはしてるんでしょう。裸で寝てたなら。愛がなくてもできるの？」

「優美さん、はっきり言うね」

尚子は少しムッとして固い表情になる。愛がないとは言っていない。ただ、わからないだけだ。

「だったら、優美さんはどうなの。セックスしてた三紀彦様のことは好きだった？」

「あれ、知ってたんだ」

手痛く反撃したつもりが、あっさりした反応を返される。

「好きじゃない。嫌いだからできたんだよ。ああいや、嫌いって言うほどの関心もなかったけど」

「何それ……どういうこと？」

「異性愛のサンプルだよ」

意味のわからないことを、優美は真顔で口走る。

「男とのセックスがどういうものか知りたかっただけ。興味本位というやつだね」

「興味で……どうしてそんなことするの。優美さんなら、他に愛してくれる男性がいくらでもいそうなのに」

「愛してもらっちゃ困るんだよ。私が愛せないんだから。だから、三紀彦みたいなクズを選んだんだよ」

尚子は首を傾げてしまう。優美は男を愛することができないのだろうか。だとすると、同性愛者なのかもしれない、と思う。考えてみれば、彼女の服装、彼女の言葉遣い、すべてが普通の女性とは違っていた。もっとも、尚子はそれがとても心地いいと思っていたのだけれど。

「優美さん、男が嫌いなの？」

「嫌いじゃないよ。性的関心が持てないだけ。昔は女の子が好きなのかと思ったけど、女の子に対しても同じだったよ」

　男も、女も愛せない――そう優美は言っているのだろうか。尚子はそんな女性とは初めて出会う。では、優美の愛する対象は一体誰になるのか。

「世間じゃこういうの、アセクシャルって言うんだっけ。ああでも、私はセックスは試してみたいって思うから微妙に違うのかな。でも、試してみたかっただけ。この世に産まれた以上は、犯罪以外の経験は一度は一通りしてみたいと思ってたから」

「じゃ……女性ともしてみたの？」

「うん、した。ニューハーフの人ともしたよ。でも、どれも私は同じに思えた。今後は誰ともしないと思う。したいと思わないからね」

　尚子は驚きを通り越して、妙な感動すら覚えている。彼女は性的欲求もないのに「試してみたい」という理由だけで、次々にセックスに挑んだのだ。

「優美さんて冒険家だね」

「冒険家？　いいね、その言い方」

「だって、もし私が男女の誰にも恋愛感情が抱けなかったら、セックスしてみようなんて気にもなれないよ」

「そうだろうね……その点、私は自分の体が女でよかったと思ったよ。男なら性欲が起こらなければどうしようもないしね」

　あっけらかんとしている優美に、思わず笑ってしまった。本当に彼女は割り切っている。あんなに肌と肌を合わせ互いに秘部を見せ合う行為だというのに、優美が口にすると理科の実験のような乾いたものに思えてしまうのがおかしかった。

「尚子さんはどうなの。皓紀のこと、どう思ってる？」

「私は……」

　そう問われてみても、明確な答えは出て来ない。何しろ、過去の記憶がない上に、ついこの前までひどく虐げられていたのだ。その後に突然抱かれて、毎日愛されるようになった。逆らえない主人の連続して急変する態度に尚子は翻弄されてばかりなのだ。

「愛しているかどうかは、わからない。皓紀様は誰よりも綺麗だし、愛されていれば誰だってのぼせてしまうし、受け入れると思う」

「確かに、皓紀みたいに綺麗な男は他にいないね。中身はひどく癖があるけど」

「あの人は私を憎んでるんだと思ってた。そのくらいのことをされたから。でも、突然変わって、今度は私を可愛がるようになった。愛されること自体は嬉しいの。でも、皓紀様のことがよくわからない。理解できないから、怖いのかもしれない」

　言葉にしてみると、自分の気持ちが整理できる気がする。これまで皓紀とのことを誰かにこんな風に語ったことはなかった。けれど、優美に話していると、自分でも曖昧だった部分が明確になったように思えて、尚子はふと目の前が開けたような気がした。

（そうか……。私は、あの人のことがもっと知りたいんだ。覚えていないから、知りたい。あの人がどうして私を憎悪していたのか、どうして愛するようになったのか、それが知りたいんだ）

　皓紀のことだけでなく、宝来家には謎が多い。屋敷で暮らしているにもかかわらず、尚子はあそこに長くいるほど疑問が増えていくような気がしている。皓紀は自らのことや尚子の過去を少しずつ話してくれるようになったけれど、それでも記憶のページは破れたままで、修復される気配はない。

「ね、優美さん。そういえば、逢沢良樹って名前、以前聞いたでしょう」

「ああ、うん。覚えてる」

「彼が誰だったのか、わかったの。皓紀様が自分から教えてくれたのよ」

「へえ、あいつがね……よほどあなたに気を許している証拠だね」

　尚子は皓紀が告白した良樹との過去を打ち明けた。傷害事件の真相には触れなかったが、言わずとも皓紀をよく知っている優美ならば察しているかもしれない。

「じゃあ、実際も恋愛関係だったその良樹君が、夢の中でも恋人だったってわけ」

「そうみたい。そういえば優美さん、私が良樹のことを皓紀様に言ったって話したら顔色を変えてたけど、あれはどうしてだったの」

「だってさ……私は、皓紀があなたのこと好きだって知ってたから。その逢沢良樹って人のことはよくわからなかったけど、同級生が尚子さんの夢の中で恋人だったなんて知ったら、すごく機嫌が悪くなるだろうなと思って」

　確かに皓紀はあの話の後は突然顔色が変わり、すぐに食事の席から引き上げてしまった。皓紀の不機嫌の理由がわからず困惑した尚子は、良樹がかなりあくどい人物なのではと誤解していた。

「良樹のことを聞いて思ったの。もしかすると、私の覚えている夢の記憶も、あながち全部作り物じゃないのかも、って」

「そうだね……夢だと思って調べようともしていなかったけど、ちょっと興味出てきたな」

　優美はおもむろに傍らのラップトップを開く。

「あなたの通っていた大学の名前、何だったっけ」

「中岡大学だよ」

「ネットで見てみようか。なんか聞いたことあるような気がするけど」

素早くそれをパソコンに打ち込み、検索する。尚子もまさか実在する大学だとは思っていなかったので、調べたことはなかった。

「これ……千葉にある大学だね」

「千葉？　そうだったんだ。偶然同じ名前だったのかな」

優美は何か考え込んでいる。そして、ふと顔を輝かせた。

「あ、そうだ。世良さんの妹さんだ」

「え？　世良さんに妹がいたの」

「うん、そうだよ。世良さんの妹さんが通ってた大学だよ、中岡大学」

優美は大発見をしたように目を輝かせている。

「あなた、きっとそれを世良さんに聞いていたんだよ。世良さんの妹は丁度尚子さんくらいの年頃で、離れて暮らしているから、彼はあなたのことが妹みたいに思えて、結構気にかけて可愛がってたんだ。だから色々と話は聞いていたはずだよ」

「そうか……。それで、中岡大学で……そして、兄がいるっていうのも、世良さんの話からだったんだ」

そう考えると辻褄が合ってくる。特に兄弟が欲しいという願望もなさそうだったのに、実際一人っ子だったという尚子が夢の中では家族に兄を加えているのが謎だったのだ。

優美と色々な話をしていると、あっという間に昼過ぎになっていた。優美の母親が作ってくれたパスタを食べていると、優美の携帯が鳴った。優美は通話のために一度廊下に出たが、すぐに戻ってきて尚子に告げた。

「皓紀が明日迎えに来るって。だから今夜はうちに泊まって」

すでに皓紀に尚子が追い出された情報が伝わっていたことに、尚子は驚いた。彼はまだ出先のはずで、誰かが連絡でもしなければわかるはずもない。恐らく世良か鷺坂医師が伝えたのだろう。

「でも、暁子様が……」

「発作が激しいから入院させるってさ。まあ、妥当かな。一度環境を変えて治療した方がいいかもしれない。あの屋敷はやっぱりよくないから」

「屋敷の、せいなの……？」

優美の話していた「宝来家の呪い」のことを思い出す。

「戦災で焼失したのは赤坂の屋敷なんでしょう？　それなら、元々の宝来家の人たちが亡くなったのはあちらなんじゃ」

「被災した生き残りが今の奥多摩の屋敷に移ったんだよ。そこで凶行があったんじゃないか、って話。今の宝来家の人たちが代々あんな不便な場所に住み続けているのは、どこかに埋めた本当の宝来家の人たちの骨を見つけさせないためじゃないか、なんてことも言われてる」

その話を聞いて、尚子はぞっとした。それならば、あの地には宝来家の人々の無念が今も漂っていることになる。

（もしもそれが真実なら、あの人たちがおかしくなるのも、本当に呪い、なのかも……）

尚子の思い詰めた顔を見て、優美は軽く笑ってみせる。

「まあ、噂だよ、噂。宝来グループに敵対する人たちが言い出したのかもしれないし。私たちも納得しちゃうくらい真実味はあるけどね」

「でも優美さん、前に、宝来家を逃げ出した人たちは皆行方不明になってるって言ったでしょう。そんなの、もう呪いよりも本当の犯罪じゃない。警察は何もしなかったの？」

「それ、結構前の話だからね。警察も調べたと思うけど、何も出て来なかった。最後に逃げ出した人がいたのはいつだったかな……皓紀のお父さんが亡くなってからは一人もいないと思うよ」

「皓紀様のお父様が亡くなったのって、私の父が亡くなったのと一緒なんでしょ」

「そう。車の事故でね。ガードレールを突き破って崖から落ちたんだ。確か、あなたと皓紀が中学校に上がった頃くらいのことかな」

　そうすると、十二年ほど前のことだ。そう昔でもないはずだが、それから誰も逃げ出していないということは、暁子や三紀彦たちよりも、亡くなった前の当主は更にひどい暴君だったのだろうか。

「そういえば気になっていたんだけど……世良さんが暁子様を好きになってお屋敷に入ったのって本当なの」

「ああ……そうみたいだね」

「それをよく亡くなった喜高様は許したね。それとも、知らなかったのかな」

「ああ、知っていたんじゃないかな。あの方もお屋敷にたくさんの愛人がいたし、そういうのは頓着しなかったんじゃないの」

　尚子は唖然とした。皓紀の父、喜高にも愛人が多くいたのか。三紀彦は顔だけでなく、中身も父親にそっくりだったようだ。それでは暁子に嫌われても仕方がないのかもしれない。

「健気だよね、世良さん。暁子様は十七で宝来家にお嫁入りしたんだったかな。すぐに皓紀ができたんだけど、もうその頃から喜高様は色んな女と遊んでいて……ふさぎ込んでいた暁子様に一目惚れして、働ける年齢になったら必ずここで使って欲しいと頼み込んだみたいだね」

「その頃なんて、世良さんは十歳とかでしょう。すごいね、そんな小さいのに」

あんなめちゃくちゃな宝来家に自ら入りたいという人間がいること自体が、尚子にとっては驚きだった。

本当に現代では考えられないことが宝来家の中では起きている。少し屋敷を離れて外部の人間と話しているだけで、ふいにそのことに気づかされる。中にいると麻痺してしまってわからなくなるのだ。これが当然なのだと思うようになってしまう。

（私……きっと目が覚めたときから随分変わってるんだろうな。あの屋敷に染まっちゃって……以前はあんなに違和感があったのに、今は普通に皓紀様の側で暮らしてる……）

今ではそれがおかしなことだとも思わない。この状況に慣れていかなければ、自分の首を絞めるだけなのだ。

尚子はあの屋敷の外には居場所がない。生きていけない。だから皓紀の側にいる。皓紀の愛を受け止める。そこには何の葛藤も疑問もなかった。尚子は優美とは違って皓紀との行為に欲望を感じるし愛着もある。ただ行き過ぎたものには驚くこともあるけれど、それも繰り返されるうちに慣れてゆく。

もう記憶が戻らなくてもいいのかもしれない――いつしか、尚子はそう考えるようになっている。

＊＊＊

優美の言っていた通りに、暁子は入院した。薬で一日の大半をぼうっと過ごしている状態のようだが、その傍らには常に世良がいて甲斐甲斐しく世話をしているという。

「世良は喜んであの人の面倒を見ているよ。何しろ、何をやったって無抵抗なんだからな。あいつも長年の苦労が報われて幸福を感じていることだろう」

皓紀は上機嫌だった。今屋敷に母親はいないというのに、癖なのか未だに女物の着物をまとっている。

「尚子には悪いことをしたな。俺が出て行った後で、まさか母があんなことをしていると は思わなかった」

「暁子様がお怒りになるのも当然です……私なんかが皓紀様のお部屋で裸で寝ていたら、どんな母親だって怒ります」

「そんなことは関係ない」

皓紀は言下に切り捨て、せせら笑う。

「ここは俺たちの城だ、尚子……もう俺たちを邪魔する奴は誰もいなくなった」

母親が入院したというのに、皓紀はいかにも勝ち誇って楽しげだ。少しも心配ではないのだろうか、と尚子は訝ったが、口にはしない。

　確かに皓紀は幼少の頃から女の格好をさせられ、雛祭りまで開かれ、成人してからも同じように女物の着物を着せられるという苦痛は受けてきたかもしれないが、父親も弟もいなくなった今、唯一の家族ではないか。

　しかし皓紀には母親を気にかける素振りは少しもなかった。いつも通り尚子を欲しがり、夕食を終えた後、風呂から上がったら部屋に来るようにと囁いて食堂を出て行く。

（やっぱり、皓紀様も少しおかしい……）

　宝来家の人々は皆美しく、そして奇妙だ。もしもこの地のどこかに元々の宝来家の人々の骨が埋もれているのだとしたら、その怨念は偽者たちの魂に絡みつき離れることはないのだろう。

　尚子は風呂を使った後、皓紀に使うようにと言われた浴衣を着て言われた通り皓紀の部屋へ向かう。ノックをして「尚子です」と告げ、入れと言われてドアを開けると、部屋ではすでにしどけない格好でベッドに横たわり書類を眺めている皓紀の姿があった。

　引き締まった見事な裸像に、女物の艶やかな赤い友禅を羽織った、美しい人の姿。まるで一枚の名画のような絵面に、尚子はしばし見惚れてしまう。

「ん……？　どうした、入れ。尚子」

「は、はい」

名前を呼ばれてはたと我に返り、部屋に入ってドアを閉めると「鍵をかけろ」と皓紀に指示される。

「もう誰にもこの部屋の鍵を開ける権利はないからな……この屋敷の主人は俺になった。もう何の遠慮もいらないんだ」

これまで皓紀が部屋に鍵をかけずにいたのは、暁子の命令だったのだろうか。それにしても、暁子が退院して戻ってくる可能性もあるのに、屋敷の主人とは気が早い。

「おいで。尚子」

皓紀が手元の書類をサイドボードに押しのけ、尚子に手招きする。起き上がった肩からするりと着物がこぼれる様があまりになまめかしく、まだ触れられてもいないのに尚子は全身を愛撫されているような心地がする。

「お仕事はもうよろしいんですか」

「もう終わった。昨日は休日を丸一日潰されたからな。明日は休むことにした。今夜はゆっくりできる」

それは今夜一晩中時間をかけて愛されるということを意味している。それを思うと尚子の体はひとりでに熱くなる。

足が勝手に一歩を踏み出して、次第に皓紀の待つベッドへと近づいていく。皓紀は尚子が側へ来ると、急に腕を引っ張ってベッドに引き込み、自分の下へ転がして覆い被さった。真上からじっと真剣な表情で見下ろしてくる皓紀の美貌に、尚子の胸は激しく高鳴る。

「尚子……愛してる」

唐突に思える愛の言葉に、尚子はハッと息を呑んだ。

これまで可愛い、綺麗だなどの言葉は言われてきたけれど、こんなにも直接的な告白は初めてだったのだ。しかし「私も」と返すには躊躇いがあった。皓紀と尚子の立場は対等ではない。このような関係になったとはいえ、二人の地位が変わったわけではなく、尚子は皓紀に求められているから応じているという立場なのだ。

(それに……私は、この人を、愛しているんだろうか)

優美に語ったときに自覚した通り、尚子は皓紀を知りたいと思っている。皓紀を理解できれば、きっとそのときに尚子は自分の感情をはっきりと口にできるのだろう。

一方、愛していると言った当人は、尚子にも同じ言葉を返して欲しいと思っているわけではなさそうだ。今夜はゆっくりできると言ったのに、皓紀はいやに性急だった。熱烈なキスを交わしながら慌ただしく尚子の肌を愛撫し、いきなり太腿を押しのけて性器に指を入れた。すでに皓紀の体温を感じるだけで濡れるような体になっている尚子は痛みも特に感じなかったけれど、どうして皓紀がそんなに焦っているのかわからず、不安になる。

「あ、皓紀様……」

「尚子、尚子っ」

皓紀は硬く勃起したペニスをすぐに挿入した。追い立てられるように動き、喘ぎ、混乱と肉欲の波に巻かれて尚子は必死で皓紀にしがみついた。

(どうしたの、皓紀様……どうしてそんなに急いでるの)

皓紀は異常な興奮状態にあった。いつもならば尚子を愛撫している間じっくりとその反応を楽しみ、挿入した後も尚子の顔ばかり見つめて動き方も巧みに調整しているというのに、今夜はまるで初めてセックスを経験する少年のように余裕がなかった。

皓紀はめちゃくちゃに尚子の乳房を揉み、その唇に、頬に、やたらめったらにキスを繰り返しながら、無我夢中で腰を振っている。

「うう、尚子……っ」

かつてないほど早く、皓紀は達した。腹の上に散った白いものを見て、尚子は呆然としている。

荒い息を繰り返しながら、皓紀は「ごめん」と謝った。

「何だろうな……この屋敷に邪魔者がもう誰もいないと思うと、興奮してしまって……」

「皓紀様……」

皓紀は何をそんなに逸(はや)っているのか。その心がわからず、尚子は困惑する。

「尚子……来年には式を挙げよう」

「えっ……」

突然の、プロポーズだった。

「式は、三紀彦の一周忌が終わってからだ。少し先だが……籍だけは先に入れてもいい。早くお前と一緒になりたいんだ」

「ち、ちょっと待ってください」

あまりにも急ぎ過ぎている。今の皓紀が普通の状態ではないような気がして、尚子は喜びも何も感じられない。

「どうしたんですか、急に」

「別に、急じゃない。このことはずっと前から考えていたんだ」

「でも、よりによって、暁子様が入院した日に……」

「もういいんだ、尚子。母がここへ戻ってくることはない。あの人は一生病院にいるんだ」

尚子は驚いて目を見開く。

「あの人にはもう通常の判断はできない。戻ってきたら宝来グループのためにならない。随分前から言われていたことだ。これは一族の総意なんだ」

「そ、そんな……」

尚子が信じられないのは、そう言いながら、再び勃起している皓紀だった。どうしてこんな残酷な話をしているときに興奮しているのだろう。

「とうとう俺がトップに立つ……俺の代で宝来グループは更に高みに上り詰める。尚子、見ていろよ。お前は俺のいちばん近くで、この偉業を見届けなきゃならないんだ。なあ、尚子……」


一晩かけて執拗に愛された後、尚子はぐったりと昼過ぎまで眠っていた。そして再び暗くなった頃に挑まれ、もう時間の感覚もわからなくなり、シーツの波の中で深い眠りを貪っている。

もう皓紀の部屋で眠っていても怒鳴り込んでくる暁子もいなければ、尚子を襲う三紀彦もいない。皓紀は自分が自由になったと感じ、あれほどに昂っていたのだろうか。自分が会社のトップに立てることに喜び勇み、興奮していたのだろうか。

　ふと目を開けてみると、隣で眠っているはずの皓紀の姿がなかった。時計を見てみれば、針は三時過ぎを指している。だが、窓の外は真っ暗だ。ということは真夜中の三時だというのにどこに行ったのかと、皓紀の脱ぎ捨てた友禅を羽織り、ベッドを降りて廊下へ出る。

「警察に捜索願を出す。見つかっても見つからなくても同じだがな」

　階段を下りようとしたとき、玄関から話し声が聞こえて、尚子はなぜか身を潜めた。皓紀の声の調子が少し妙だったからだ。

「だが、まさか世良がそんなことをしでかすとは……考えてもみなかった」

「だってあの人は本気で暁子様に惚れていたんだよ。病院で一生を過ごさせるなんてあんまりだと思ったんだよ、きっと」

　会話相手は優美だ。どうしてこんな真夜中に優美が屋敷に来ているのだろう。しかも、会話の内容がおかしい。世良と暁子のことを話している。何かがあったのだろうか。

「世良も馬鹿な奴だ……逃亡生活じゃ満足な暮らしもできないだろうに。せっかく病院で恋しい相手を好きにする役目を与えてやったっていうのにな」

「世良さんに母親を与えたの？　……ひどいことするね、あんたも」

「何もひどいことなんかないさ。世良は母のために当主を殺めた。その見返りが何もないなんてあんまりじゃないか」

（どういう……ことなの……）

突然降ってきた恐ろしい暴露に、尚子の背筋は凍りつく。

世良が殺めたと、そう言ったのか。それでは、皓紀の父、喜高は、事故ではなく、世良に殺されたというのか——。

「世良さんは暁子様に命令されたからね……あの人は愛しい人のためなら何でもやった。それだけだよ」

「まあ実際、父が死んで皆ほっとしただろうな。あの男は自分の欲望を満たすためにこれまで何人も使用人を殺した。祖父もそうだった——屋敷を逃げ出して行方不明になっただなんて、よくもそんな嘘が通ったと未だに感心するよ」

「証拠がないんだからそうもなるよ……父さんが嘆いてた。死体ひとつを跡形もなく消すのだって大変なのに、喜高様は簡単にやれと言う、ってさ」

尚子は口元を両手で押さえてうずくまる。

屋敷を逃げ出した使用人が行方不明になるというのは、嘘だった。最初から死んでいる者を、逃げ出したことにしていたのだ。

（でも、優美さんは、彼らが宝来家に殺されたということは示唆していた……それは、殺されると脅して私を逃がさないようにするためだったの……？）

わからない。もう何もわからない。

今、恐らく世良が病院の暁子を連れ去り逃走している。それを伝えに来たのが優美なのは、病院関係者だからなのだろうか。

けれどそれよりももっと恐ろしい真実の露呈（ろてい）に、尚子の頭はついていけていなかった。

こんな話を聞いてしまうなんて――そう思った瞬間、頭の奥で何かが弾けた。

「はあ。ようやく邪魔者を皆片付けて尚子にプロポーズもしたっていうのに、後から後から邪魔が入るな……」

「え、尚子さんに？　まだ記憶も戻っていないのに？」

「記憶が戻らなくたって、あれは尚子だ。それに、尚子が元に戻って俺は嬉しいんだよ。あいつは元々ああいう感情豊かな奴だったんだ。俺に仕えるうちに無表情になっていっただけで、本当はよく笑う奴だった……だから、俺は今の尚子になって、ホッとしてるんだ……」

尚子は静かに立ち上がり、階下には降りずに廊下を歩いて行く。

向かった先は、尚子が一年前に落ちたという、バルコニーだ。

（そうね……私、昔に戻っただけ、だったのかもしれない）

闇に浮かぶ満月を眺め、尚子は手すりに手をかけて身を乗り出しながら、長い黒髪を夜風に揺らめかせている。寒さはほとんど感じなかった。異様な昂揚が、尚子の体を内側から火照らせている。

ようやく邪魔者を皆片付けた――そう皓紀は言っていた。ということは、三紀彦を殺したのも、皓紀だったのだろう。

（あの夜、私に睡眠薬を飲ませて犯そうとした三紀彦様を止めたのは、皓紀様だったんだろう――そして私を部屋に戻した後……真夜中に、三紀彦様を殺しに行った）

薬物の過剰摂取――その方法は、果たして皓紀一人で思いついたものだったのか。それとも、医師である優美に、薬物中毒だった三紀彦が自分で誤って死んでしまったように見える殺し方を教えてもらったのか。

そもそも、「邪魔者を皆」とは、誰を指しているのだろう。皆、というからには、複数である必要がある。三紀彦と暁子の二人だけだったのだろうか。

前当主の喜高は、暁子の指示により世良が殺した。けれど、彼は尚子の父親と一緒に自動車事故で死んだということになっている。そのとき、尚子の頭にもうひとつの可能性が閃（ひらめ）く。

（皓紀様の邪魔者の中には……もしかすると、私の父も含まれていた？）

すでに死んでいるはずの喜高と車に乗っていたということは、尚子の父は死体の処分を命じられたという可能性がある。それとも、世良が殺し損ねて瀕死になっていた喜高を病院に運ぶ最中だったのだろうか。

恐らく、後者だろう。死体の処理ならば何かシートにでも包んでトランクの中にしまい込まれただろうし、事故で死亡と判断されるには、助手席か後部座席に同乗者として乗っている必要がある。となると、その時点では、まだ喜高は生きていたのかもしれない。そして、救急車を呼ぶよりも今すぐに車を走らせた方が、あの屋敷からは早く病院に辿り着くことができた。

けれどその途中で、車はガードレールを突き破り、崖へと転落した——慌てていて運転操作を誤ったのか、もしくは、車に何か細工をされたか、尚子の父自身が、運転前に何かを摂取させられたのか——そしてもしもそれが皓紀の手によるものだったのなら、父に対する最後の引導も彼が渡したことになる。

パズルのピースを合理的に当てはめていくと、自然と可能な結果の数は絞られてくる。けれど、すべて証拠はない。尚子は頭の中でそうやって勝手に物事を推理する癖があった。

（すべて推測に過ぎない。深く考えてしまえば、きりがない……でも、「お前は天涯孤独」と言って私を屋敷から逃げ出さないようにさせていた皓紀様にとっては、私の父も、邪魔者の一人であったことは、恐らく間違いない……）

夜空に冴え冴えと光る満月を見つめていると、何もかもがどうでもいいような心地になってくる。あの月は日々姿を変えて満ち欠けを繰り返すけれど、月自体は何も変わっていない。ただ、太陽の光によって形が変わったように見えるのを、人間が「満ち欠け」と言っているだけで、月はただそこに存在しているだけなのだ。

記憶は、なくなったりはしない。ただ、影が落ちて見えなくなっていただけ――。

（良樹とのキスは……現実でもしていた）

尚子と良樹は、恋人関係というにはあまりにも二人きりで過ごした時間が短かった。お互い、廊下で、教室で、何となく目が合う機会が増えていき、気づけば尚子は良樹に仄かな恋心を抱いていたのだ。それは、お互いが同じ気持ちなのだと、朧げに確認できる程度のものだった。世間一般の恋人たちのような告白もなく、自分の時間のない尚子にはデートする暇などもちろんなかった。ただ、惹かれ合っているのだと、二人が感じていただけだったのだ。そして、いつも尚子を見ていた皓紀も、当然二人の心の動きに気づいていただろう。

そんな曖昧な関係は、突如終わりを告げた。それは皓紀の行為のせいではない。突然、尚子は良樹に階段の暗がりに連れ込まれ、キスをされたからだ。

尚子はそのとき、初めて皓紀以外の唇を知った。けれど、その結果は夢の記憶と同じ。尚子には少しの感慨も湧かず、不快感しか覚えず、この恋はただの錯覚だったと、その瞬間に気づいてしまったのだ。

(気の毒な良樹……気の毒な皓紀様。わざわざ策を弄して離れ離れにする必要なんか、なかったのに)

尚子の淡い恋の幻想は、幻想に過ぎなかった。良樹はその迷惑な幻のために被害を受け、皓紀は余計な罪に手を染めたのだ。

風に乗って、どこからか蜘蛛が尚子の頬に降りてくる。尚子は微笑んだ。この屋敷で記憶をなくして目覚めて以来、蜘蛛たちはずっと尚子と共にあった。

「大丈夫よ……」

尚子は小さな声で囁く。

「私はもう、大丈夫。何もかも……思い出したから」

そう言った瞬間——蜘蛛は、消えた。

「尚子！」

悲鳴のような叫び声が尚子を呼んだ。

振り向いてみれば、真っ青な顔をした皓紀が、死にそうな形相で尚子を凝視している。

「お前……そこで何をしているんだ」

「……眠れなかったので、ちょっと夜風に当たっていたんです」

「危ないじゃないか！」

一目散に駆けてきて、皓紀は尚子を背骨が折れそうなほどに強く抱き締める。驚いて息が止まりそうになるけれど、無理もなかった。皓紀はきっと、尚子がまた飛び降りてしまうと思ったのだろう。

「少し、体が冷えてしまいました」

尚子はそう言ったが、ひどく震えているのは皓紀の方だった。何か恐ろしいものでも見たようにガタガタと体を揺らし、二度と離すまいとするように尚子を抱き締めている。

「皓紀様……どうしたんですか」

「尚子……二度と……二度とこの場所に来るんじゃない」

最初に優美とここへ来ていたときも、皓紀はひどく動揺していた。そして今は、恐怖も露に必死の形相で尚子にしがみついている。

「約束してくれ……もう、ここへは来ないと」

「わかりました。……ごめんなさい」

それを聞いてほっとしたように、謝らなくてもいい、と呟き、皓紀は少しだけ体の震えが治まった。

「お前、もしかして……何か、思い出したのか？」

「いいえ、何も……」

尚子は躊躇うことなく、否定した——皓紀のために。

（私は……この人のために、記憶を消していたのかもしれない）

皓紀を、苦しませないために。思い出しそうになる度にそれを心の奥底に押し込めていたのは、尚子自身だったのだろうか。

今、尚子の脳裏には、鮮やかに蘇る映像がある。

一年前のあの日——皓紀は、ここで尚子にこう言った。

——何でも言うことを聞くのか。それなら、そこから飛び降りてみせろ！

そうして、尚子は飛び降りた。その瞬間の皓紀の絶叫は、今でも生々しく耳に蘇ってくる。

（皓紀様は、どんなに無茶なことを言っても二つ返事で頷く私を、歯痒く思っていた……）

捩じれ切っていた二人の関係。愛執がゆえの憎悪。

皓紀は日々尚子に辛く当たった。犬のようにこき使い、無下に扱った。そうなった理由

を知っていた尚子は、常に心を殺して皓紀に接していた。

そしてあの日、限界まで張りつめていた二人の間の緊張が、砕けてしまったのだ。

尚子は自殺ではなかった。けれど、自分で飛び降りた。

自らの意志で記憶を消すことが可能なのかどうかはわからない。けれど、再び目覚めたとき、尚子は綺麗に過去を忘れていた。皓紀が「思い出さなくていい」と言っていたのは、己の言葉を尚子が思い出すことを恐れていたからだった。

尚子は、飛び降りる寸前、皓紀の背後に三紀彦がいたのを見ている。三紀彦は、尚子がなぜ飛び降りたのかを知っていた。そして、それを尚子に教えようとした――たとえそれが未遂に終わっていても、皓紀は許せなかったのだろう。皓紀が三紀彦を殺したのは、尚子を襲おうとしたからではなく、真実を知る三紀彦の口を永遠に封じるためだったのかもしれない。

尚子は飛び降りたときの自分の気持ちをはっきりと覚えている。

自分がいるから皓紀が苦しむのだ――皓紀はもう尚子のために苦痛を覚えるのが嫌で、尚子に飛び降りろと言ったのだろう――。だから、尚子は飛び降りた。

二階からではきっと死ねないこともわかっていた。けれど、これがきっかけで自分と皓紀が離れることができたらと――もし、それが生と死という別れだったとしても――尚子はそれを望んでいたのだ。

それが、尚子の皓紀への愛情の証だった。痛々しいほどの、尚子の皓紀への心だった。

憎しみなどなかった。ただ愛おしさと、哀れさがあっただけだ。

「尚子、部屋に戻ろう」

皓紀が尚子を抱き締めたまま囁く。

尚子は頷き、愛しい主人の背中を抱き返す。体を離したとき、皓紀の顔は涙でびしょ濡れだった。それを見て、尚子は「どうしたんですか」と思わず笑ってしまった。

そのとき、尚子は安堵した——よかった、今でも私は笑うことができる、と。

＊＊＊

——あ、蜘蛛の巣だ。

——蝶がかかってるよ。助けてあげようよ。

皓紀が無邪気にそう言って、木の棒を拾って蜘蛛の巣を壊そうとする。

——待ってよ、皓ちゃん。

尚子は思わず、皓紀の着物の袖を引っ張って止めた。皓紀は怪訝な顔で尚子を振り向く。

——何で止めるの？

——だって、巣を壊したら可哀想だよ。それに、蝶を逃がしたら蜘蛛のごはんがなくなっちゃうんじゃないの。せっかく捕まえたのに。

——でも、蝶が可哀想。あんなに綺麗なのに。

皓紀のその言葉を聞いて、尚子は悲しくなる。

皓紀は自分が綺麗だから、綺麗なものを助けるんだろうか。醜い蜘蛛はどうでもいいのだろうか。

——蝶が綺麗だから助けるの？　汚かったら助けないの？

——どうして？　それっておかしい？

——おかしいよ。蜘蛛が可哀想。

妙な正義感に駆られて、尚子は反抗した。

皓紀はふしぎそうに首を傾げて、尚子を見ている。

——尚ちゃんって、蜘蛛が好きなの？

皓紀にそう問われて、尚子は考える。

——わかんない。でも、蜘蛛は悪くないんだよ。蜘蛛はずっと前からここにいて、巣を作って、蝶が勝手に飛び込んで来ただけなんだから。だから、蜘蛛は蝶を食べてもいいんだよ。

＊＊＊

――一年後。


「皓紀さん、来て！　すごい夕焼け！　写真に撮らなくっちゃ」

「おいおい、海の夕焼けなんかこれからいくらでも見られるぞ。十日間も海の上なんだからな」

船はアテネを出発しエーゲ海を渡っている。

尚子と皓紀は結婚し、新婚旅行で豪華客船に乗っていた。船はまるでひとつの街のようにすべてが揃っており、実際に木の植わった公園やカフェの立ち並ぶ広場、ショッピングモールのようなエリアや遊園地まであり、夜毎に華やかなショーが開催され、どんなに長い時間をここで過ごしていても飽きなさそうである。

「こんなに長い間船に乗るなんて不安だったけど……全然平気みたい。もっと揺れるのかと思ってた」

「そんなに長い間じゃないだろ。昔なんて海外へ行くための手段は船だったんだ。何ヶ月も海の上なんて普通だったんだぞ」

「現代に生まれてよかった。こんなに立派な船でもなかっただろうし、退屈で死んじゃいそうね」

「そうか？　俺は少し羨ましい……現代は忙し過ぎるからな」

プロポーズをされていずれ結婚することが決まり、一年もすれば尚子も敬語は使わなくなっている。これまでずっと主人と使用人の関係だったものが夫婦になったことは大きな変化だが、尚子が皓紀のすべての世話をするという関係はほとんど変わっていない。

これが本当に主人と使用人という身分の差が歴然としている時代だったら、二人の結婚は難しかっただろうが、いくら宝来家が時代錯誤な家とはいえ、幸い今は現代である。多少の反対はありながらも、今や宝来グループのトップに立つ皓紀の決定は覆らなかった。

（結局、世良さんと暁子様は見つからないまま……）

それが警察の限界なのか、それとも皓紀が裏で何かしているのか、尚子は知らない。けれど、二人が今どこかで幸せに暮らしてくれていればいい、と願っている。暁子は不幸な結婚でああなってしまっただけであり、本当はただ美しいだけの普通の女性だったのだろうし、世良も運命の女性がすでに結婚してしまっていただけだったのだろう。過程が過酷だっただけに、結末が幸福でなければ惨過ぎる、と尚子は思う。

美しい夕焼けを見た後、船内の優雅なレストランでフルコースを食べ、二人はドレスアップした姿のまま、最上級の船室へ戻り、そのままベッドへともつれ込む。

鮮やかなルージュを引いた尚子の唇に恭しく接吻しながら、皓紀はうっとりと微笑んだ。

「本当に……尚子は化粧の映える顔だ」

「それ、褒め言葉なの？」

「当たり前だろう。前から言っているはずだ。お前の顔は美しい……素顔がいちばんいいが、化粧をすればまた別の魅力がある」

自分こそが無双の美貌の持ち主でありながら、皓紀は尚子の容姿への賞賛を惜しまない。尚子が思うに、皓紀は少し美的感覚がずれているのだろう。自分があまりにも完璧に整った美しい顔をしているものだから、相手には同じものなど求めていないのだ。尚子は自分が決して美人ではないことを知っているし、この顔を陶然として見つめてくれる男など皓紀だけだとわかっている。

皓紀はダイヤのネックレスだけを残し、尚子を生まれたままの姿にしながら、自らもタキシードを脱いだ。

「これからは、本当の夫婦だ……本当に、長かった」

三紀彦の一周忌を待って式を挙げるというのが、皓紀にしてはあまりに真面目で尚子はふしぎに思っていた。けれど、皓紀は目的のためには恐ろしい行動力を発揮する反面、行事や決まり事などの公のことについてはかなり律儀な性質を持っている。その妙な誠実さがおかしくて、尚子は皓紀を尚更愛おしく思った。

昔のように皓紀が尚子をいじめることはまったくなくなっている。恋愛関係ができてからは当然といえば当然だが、皓紀の父も祖父も異常なサディストだったということなので、いつ皓紀自身にもその兆候が現れるのかと、内心不安でもあった。けれど、幸い皓紀はその血が薄まっているようである。あるいは、尚子自身にその理由があるのかもしれない――もしも、優美の言うように、宝来家の人々の異常性癖が、『本来の宝来家の呪い』だったのなら。

「あ……、あ、皓紀、さん……」

「尚子……」

尚子は甘い声を上げて皓紀の愛撫を受けている。皓紀の大きくなめらかな手の平が、火照った肌を撫で、乳房を優しく揉み、下腹部へと伝って叢をくすぐり、蜜をたたえた場所へと滑り込む。

「ああっ、は……」

「もう濡れてる……いつからこうなんだ？　尚子」

からかうように訊ねる皓紀に、馬鹿、と照れて呟きながら、尚子自身も皓紀の肌を探る。皓紀の体は相変わらず逞しく引き締まって美しい。乾いた皮膚は肌理細やかで真珠のような輝きを秘め、尚子が触れればすぐに火が灯ったように熱くなり、どこか甘さを含んだなまめかしい香りが匂い立つ。整然と並んだ眩い歯列を舌でなぞりながら、尚子の手はその湿った下腹部を探り、実り立つ欲望を優しく握りしめる。

「あ……、尚子……」

微かに眉根を寄せて喘ぐ皓紀の表情に、尚子の鼓動は大きく跳ねる。この世にも美しい人のこんな表情を、今独り占めしているのが自分なのだと思うと、その優越感と幸福に何度でも酔い痴れることができる。

皓紀のそこは尚子に握られて著しく強張り、涙をこぼす。表面に脈打つ血管がどくりと蠢くのを手の平に感じ、尚子は今すぐに自分の狭間へと導き、思う様味わってしまいたい興奮に駆られる。

けれど、夜は長いのだ。二人きりの甘い時間は永遠に続く。尚子は先走りの蜜を指に絡めながら、もどかしげにその欲望を愛撫した。皓紀は息を荒らげながら、尚子の豊かに潤ったそこにくちゅりと指を埋め、中を繊細に探りながらいたいけな花芯を指の腹で転がしている。

「あ、あ……そんなにされたら……」

「尚子だって俺で遊んでいるじゃないか……お互い様だ」

互いの体を熱心にまさぐりながら、新婚の二人は甘い微笑みを交わし、絶え間なく舌を絡め合う。

日本を遠く離れた海の上で、真実、誰の邪魔も入ることなく、この船室は十日間、二人の愛の巣となるのだ。その甘美な現実に尚子はとめどなく官能をあふれさせ、皓紀の巧みな指使いに膨らんだ花芯を幾度も揉まれて、大きく声を上げて腰を強かに痙攣させる。

「あ、あっ、あ……」

「もういったのか？」

「恥ずかしい……まだ、触れられてるだけなのに……」

「俺も、出そうだ……早く尚子の中に入りたい……」

夫の甘い囁きに、尚子もその首にしがみついて脚を開く。あふれるほどに潤ったそこにぐちゅりと蜜を飛ばして皓紀自身が押し入り、尚子は甘い声を上げてまた達した。

「すごい、歓迎ぶりだな……ああ、たまらない……」

待ちに待った愛おしいその質量に、尚子の貪欲な媚肉はみだらにその太さを食い締める。ギリギリまで引き延ばされた入り口が痺れるような快楽を訴え、濡れて悶える肉の道を掻き分けてゆく、灼熱の反り返るものの力強さに、尚子は赤い唇を震わせて底知れない快感に溺れている。

深々と最奥まで埋め、二人はうっとりと見つめ合ってキスをする。皓紀の腰は自然と蠢き始め、尚子もそれにつられるように体をくねらせる。

「はあ、ああ、尚子……ああ、いい……」

「んっ、ん、あ、はあ、あ、あ、皓紀、さんっ……」

皓紀が激しく腰を打ちつけると、ぐちゃぐちゃともの凄い音がして尚子の愛液がシーツに飛び散る。柔らかな奥を立て続けに抉られ、甘美な熱い波が四肢の先までざんぶと押し寄せ、目の前が真っ白になる。「ああ」と濡れた声で呻き、尚子はぶるぶると震えながら達し、新たな蜜をあふれさせる。

「はあ、ああ、いい、すごい、皓紀さん、あ、ああ」

「尚子、ああ、いいよ、すごくいい、はあ、ああ、はあ」

二人ともたがが外れたように大きな声で喘ぐ。体のどこも離れるのは嫌だというようにぴったりと合わさり、揺れ動いている。皓紀の男根は熱くそそり立ち力強く奥の院を突き、尚子の膣肉は荒波に揉まれる赤い牡丹のようにくるおしくうねり、太いものに貪婪(どんらん)にむしゃぶりつく。

二人の情熱は炎のように燃え上がり、ひとかたまりになってシーツの海を泳ぎながら、互いを激しく貪り合っている。

「はあ、ああ、好き、皓紀さん、好き……」

「尚子……俺もだよ。愛してる、尚子……」

もう幾度も繰り返している行為だというのに、日々深まる官能はとどまるところを知らない。時折、尚子は性的なことすべてを厭っていた、かつての夢の記憶を思い起こす。あの頃の自分が、こんなにも愛しい人と交わることに執着している今の自分の姿を見たら、どう思うだろうか。気持ち悪い——きっとそうとしか思わないだろう。だって、あの頃と今とは、ほとんど別人なのだから。

延々と揺れ動き、光る汗を散らし、口を吸い合いながら、夫婦は二人のハネムーンの初めての夜に夢中になっている。

美しい夫は、未だに気づいていなかった。妻が、あの夜に記憶を取り戻していたことを。もちろん、尚子がひた隠しにしていたからだ。一年間、その事実をずっと秘めてきた。そしてこれからも、明かすことはないだろう。皓紀は尚子が記憶を失ったままである方が幸福なのだし、また、尚子自身もそうだからだ。

そう、尚子はまだ夢の中にいる。夢の中で平凡な暮らしをしていた尚子のまま、今も生きている。

思い出してはいけないことが、飛び降りたことの他にもあった。

それは、あるときに聞かされた父の言葉。

――尚子。お前は皓紀様のお側にずっとついているんだ。

――彼の信頼を勝ち取りなさい。そして、唯一無二の存在となりなさい。

――そして……いつか、宝来家を、根絶やしにするんだ。

――本来の宝来家の末裔であるお前が、偽者をこの世から消せ。

（父さん……ごめんなさい……）

皓紀に抱かれながら、いつしか尚子の目に涙があふれている。自分が何よりも本当に忘れたかったことは、きっとこのことだったのかもしれない。こんなことは忘れてしまって、まったく関係のない平凡な人生を生きたかった――その思いが、あの夢になったのかもしれない。古い屋敷もない、皓紀もいないあの世界で、穏やかに暮らしたかったのかもしれない。

尚子は、宝来家の生き残りの末裔。乗っ取りを企んだ者たちから唯一逃れた、まだ少年だった尚子の曾祖父（そうそふ）は、名前を真柴と変え、成長してから身分を偽って宝来家の中に入った。そして献身的に仕え、祖父の代で会社を任されたが、祖父は偽者の宝来家に仕えることが我慢ならなくなり、資金を奪って逃亡したのだ。

曾祖父の影響を強く受けていた父はそれでは根本的な復讐にはならないと、尚も宝来家に留まって娘の尚子を差し出して屋敷の中に入り込み、そして尚子がものを弁(わきま)えられるほどの年頃に成長した頃、真柴家の秘密を明かしたのだった。

尚子が皓紀に対してよそよそしくなったのは、皓紀が男だったからではなかった。二家の隠された因縁を聞いたからこそ、尚子の中では葛藤という嵐が吹き荒れていたのだ。自分の血と皓紀への愛の狭間で、尚子は苦しみ抜いていた。

（父さん……ごめん……ごめんね……）

尚子は涙を流しながら、それでもその決意は揺るがない。

（私は、夢を見続ける……記憶は、戻らない。一生、夢の中にいる……）

曾祖父の、父の念願は果たせない。皓紀をこの世から消すことなどできない。

尚子は、すでに皓紀を愛してしまっている。互いに深くまで侵食してしまっている。今更、離れることはできなかった。実際に混じり合ってしまった今では、もう逃げることも叶わない。皓紀は殺せない。偽の宝来家は潰せない。

尚子の中にも彼らへの憎悪はある。けれど、どうして尚子を恋しがって泣きじゃくっていたあの子を裏切れよう。尚子に冷たくされて心を歪めていったあの純粋な彼を見捨てら

れよう。

尚子は決めていた。自分は、自分のやり方で、宝来家を取り戻す。

「皓紀さん……今夜からは全部、中に、出して」

甘い囁き。

宝来尚子は四本の手脚で、蜘蛛のように男の背を抱き締めた。

胡蝶之夢

皓紀が世良の運転で尚子と学校から帰ると、屋敷の玄関に入った瞬間、いつもと違う活け花に足を止めた。

藍色の胡蝶が舞っていた。ひらひらと袖がひるがえり、きらびやかな金銀砂子の鱗粉をまとった蝶の文様は、本当に飛んでいるように見えた。

母だった。海老反りに麻縄で縛り付けられた母が、螺鈿細工の花器の上に乗せられていた。艶やかな束髪に白百合がいくつも活けられ、猿ぐつわを噛まされ、乳房と下半身を露出しながら、玄関の中央に活けられていた。

（お母様……）

皓紀は呆然として母の活け花を見つめた。母の目は開いていたけれど、硝子玉のように虚ろで、何も映してはいなかった。

「暁子様！」

遅れて入ってきた世良が暁子を発見し、顔色を変えて駆け寄った。当主に命令されていたのか、屋敷にいた使用人たちは何もできずにただ見ているだけだった。

世良は泣きながら暁子を解放し、ぐったりとして動かない、その小さな体を、嗚咽をこぼしながら部屋に運んでいった。

皓紀はぼんやりとしてその場に立ち尽くしていた。衝撃的な光景を見た後に胸に残ったのは、「美しい」という言葉だった。

（でも、俺ならあんな風に誰も彼もに見せびらかしたいとは思わない）

隣で真っ青な顔をしている尚子を秘かに見つめ、微笑する。

尚子は美しい少女だった。豊かな顔の輪郭に、重たげな瞼の奥に光る、濃密な長い睫毛に隠された怜悧な瞳。細い鼻筋と繊細な鼻孔、そして赤く濡れた豊艶な唇。何より、そのしっとりと輝くにおうような黒髪は、皓紀の心を掻き立て、欲情させずにはおれない魅力を秘めていた。すんなりと伸びた長い手足には少女の羞じらいと色香がまつわり、これから女性へと変貌する過程の危うい魅力に満ちている。

自分ならば、尚子をどのように飾るか。皓紀は父の作った母の活け花を見てから数日間、その妄想に囚われ続けた。

尚子の黒髪には、こぼれるような大ぶりの藤の花を垂らすのがいいかもしれない。あるいは、大輪の輝くような雪白の牡丹を。そうして、縄はあの象牙色の肌に映える赤にするのだ――いや、孔雀色がいいかもしれない。瑠璃色も似合うだろう。尚子の長い手脚はのびのびと開かせ、豊麗な花びらの開くように大きく掲げなければいけない。

皓紀の頭の中で、尚子は様々に肢体をくねらせ、ありとあらゆる花になってみせる。けれどいつしか、皓紀はその繊細なオブジェにのしかかり、花も抜き捨て着物も払いのけ、獣のように散々に犯している。

　尚子は痩せた体に甘い汗を滲ませ反り返り、切れ長の目に涙を浮かべて悩ましく喘いでいる。皓紀は柔らかな濡れた肉を貫きながら、美しい花を散らし、陵辱した罪の快楽に陶然としている。

　尚子の豊かな唇を情熱的に吸ったとき、夢は破れた。

「なおこ、なおこ、って、誰なのよ」

　目を覚ますと、がんじがらめに縛られた醜い肉の塊が、らんらんと光る浅ましい目で皓紀を睨みつけている。

「もう、痛いよ。これ外してよ。へんたい」

　拙い日本語で喚く商売女。すっかり興が削げたので、最後に機械的に腰を振って射精すると、女を放り出してゴムを抜く。部屋の隅に立っていた男に目配せし、うるさいものを片付けさせる。皓紀は気怠げに性器を拭ってファスナーを上げ、眼下に広がる夜景を眺める。

　今夜も、ホテルに泊まろうか。いつでも迷うくせに、結局自分は帰るのだろう。

　いつまでも目を覚まさない尚子のいる屋敷に帰るのは苦痛だった。屋敷に帰れば、あの部屋に行かずにはいられない。日々衰えていく尚子の痩せた体を眺めながら、涙が涸れるまで泣くのをやめられない。

（どうして、目を開けない）

尚子が二階のバルコニーから飛び降り昏睡状態となってから、早一年が経とうとしている。尚子が眠ったままなのは、自分への憎しみゆえのような気がして、皓紀は日々後悔に苛まれている。

一時期は三紀彦のように薬物に手を出してしまいそうになった。だが、思いとどまった。そんなものがなくても、とうにこの頭はいかれている。

近頃の皓紀は、現実と夢、過去と現在が混じり合ったような、奇妙な世界に漂っている。さっき商売女を縛り上げて処理をしていたときも、皓紀の心は随分子どもの頃に戻っていた。

まだ、父が生きていたあの頃。毎晩母の悲鳴が聞こえ、時々使用人が消えた。

あの屋敷はおかしい。多分、普通ではないのだろう。そう気づいたのはいつだったただろうか。

かつて親しく遊んでいた尚子はある日を境に皓紀の前で笑わなくなり、蒼白い顔をしてただ無表情にこちらを見つめるようになった。皓紀は食べてしまいたいほど尚子が好きだったのに、その目の奥に軽蔑や憎しみといった負の感情を読み取ったとき、愛情は捩じれて怒りに変わった。

(これは、罰なんだ。俺への、罰だ)

尚子が目を覚まさないことによる皓紀の苦しみは、きっと永遠に続くのだろうと思えた。けれど、生命を維持する装置を止めることはできない。尚子が死ぬときは、自分も死ぬときである。母もそれをわかっているので、尚子を殺すことはなかった。

今や、あの部屋を訪れるのは自分と、世良と、そして優美くらいのものだ。他の屋敷の人間たちは、きっと尚子がこの屋敷で暮らしていたことなど、忘れているのだろう。

――ああ、それにしても、尚子は今どこにいるのだろう。

――どんな夢を見ているのだろう。

起きているときにも夢を見ているような状態だった皓紀は、実際眠りに落ちたとき、夢の中で尚子に出会うことがあった。

尚子はいつかの雛祭りで官女の格好をさせられたときの装いで、白い小袖に唐衣を重ね、緋色の大腰袴(おおこしのはかま)を穿(は)き、人形のように美しい、触れるのも躊躇うような神々しい姿で、皓紀と屋敷の庭で戯れている。

皓紀自身も幼く、宮廷装束の十二単(じゅうにひとえ)を模した西陣織の重々しい衣装で、やはり化粧を施されたお雛様の格好をしている。二人で白粉の頬にキスをすると、赤い口紅の痕がつくのが楽しくて、子犬の転げるように絡まりながら笑い合っていた。

いつしか二人は大人になり、皓紀の袴ははだけてペニスは張りつめ、尚子はそれをキャンディバーのように美味そうにしゃぶっている。

――皓ちゃんには、どうしてこんなものがついてるの？

白粉の頬に紅の痕をつけた尚子が、大人の顔をして無邪気な子どもの声を出す。

――皓ちゃんは、女の子じゃなかったの？

皓紀が答えられずにいると、尚子の顔が、軋んだ音を立てて歪んでゆく。

――嘘つき。嘘つき。大嫌い。

白粉がめりめりと剝がれ、その奥にはただ穴が開いたようにぽっかりと闇が広がっている。そこには一面に、白い細かな蜘蛛の巣が張っている――。

皓紀は悲鳴を上げて飛び起きる。どうしました、と使用人の声が聞こえるが、何でもないと怒鳴って項垂れる。

こうして人は、くるっていくのだろうか。

現実と妄想の境界線が曖昧な日々。わけのわからない夢。目を覚まさない尚子。

皓紀はベッドを降り、部屋を出て、尚子の部屋に向かう。尚子には二十四時間、看護師をつけている。真夜中の皓紀の訪れに驚いている中年の女に少し席を外してくれと頼み、皓紀は眠ったままの尚子と二人きりになる。

(俺を憎んでいるのか？　尚子……)

皓紀はいつもそうしていたように、尚子の黒髪をひとふさ、指に巻き付ける。尚子自身は日に日に痩せ衰えていくのに、この黒髪だけは生き生きとして艶を失わない。

「尚子……」

毎日毎日、何度呼びかけても、尚子は眉一筋動かさず、少しの筋肉の震えもなく、ただこんこんと眠り続けている。

それが皓紀への答えだった。尚子は目覚めていても眠っていても変わらない。皓紀がどんな無体な要求をしても無表情で受け入れる、まるで摑もうとして突き出した腕が空を切るような空虚な感覚。

どこからか入り込んだ蜘蛛が、尚子の頰の上を這い回り、皓紀を威嚇するように見つめている。それを払いのけようと手を伸ばし、その指先が止まる。

いっそのこと、この場で尚子を殺して、自分も死のうか。

今までに何度もそう考えた。けれど、できなかった。そうしたら、自分は尚子を二度も、、殺すことになる――。

皓紀は看護師を呼び戻し、すごすごと部屋に戻る。悪夢ばかり見て、満足に眠ることもできない。尚子が死ぬ前に、自分が死んでしまうのではないか。そう思うと、少し愉快になった。なるほど、それがいちばんいいかもしれない。苦しみを終わらせるには、それが最高の結末だ。

自室に戻ると、ベッドの上に赤い縄で縛り付けられた尚子が横たわっている。

「尚子……」

長い黒髪には何羽も艶やかな蝶が留まり、見事な花々が百花繚乱と咲き誇っている。

皓紀は脚をもつれさせながら、美しい活け花に向かって倒れ込む。甘い唇を味わい、肌をまさぐり、欲望を押し込んで夢中で腰を振る。

「尚子……尚子……っ」

熱に浮かされたように何度も名前を呼びながら、皓紀は何度も何度も尚子の中で果てた。そのうち皓紀は骨と皮になり、尚子の肌は生き生きと赤らんで蜜を刷いたようにつやめき、薔薇色の頬に笑みを浮かべて屍になった皓紀を抱き締める。

途端に皓紀の体は砕けて砂となり、尚子のすんなりと伸びた指の隙間からこぼれ、消えていった。

「おはようございます、皓紀様」

目を開ければ、いつも通りの朝だ。

つまらない顔の中年女が一人、水差しとコップを載せた通い盆を持ってベッドの傍らに佇んでいる。

皓紀はため息を落とし、体を起こす。どこからどこまでが夢だったのか。そんなことを考える気力もない。

窓の外は雨だった。憂鬱な気分が更に落ち込み、地中にまで潜って行きそうだ。

ああ——今日も面倒な一日が始まる。

尚子のいない、絶望の一日が。

「皓紀様——皓紀様っ」

何やら、部屋の外が騒がしい。不愉快な雑音に顔をしかめていると、使用人が一人、ノックもせずに飛び込んでくる。

「どうした。うるさいぞ、朝っぱらから」

霞がかった頭のまま、吐き捨てる。これならば悪夢を繰り返しずっと見ていた方がマシだと欠伸を嚙み殺す。

使用人は申し訳ありませんと言って息を整え、何度も唾を飲んで口を開く。

「真柴さんが——」

眠たげだった皓紀の目が、はっきりと見開かれた。

あとがき

こんにちは。丸木文華（まるきぶんげ）です。

ソーニャ文庫さんでは二作目となります。前回の『鬼の戀（こい）』はかなり昔にゲーム用に考えていたものが原型でしたが、今作も実は昔作ったアイディアが元になっています。

ヒーローがヒロインをいじめる描写がかなりきつい部分もあったのですが、ソーニャさんは歪んだ愛がテーマだし……と元々のアイディアのまま進めたのですが、担当さんがあまりにヒーローが可愛い可愛いと仰るので、ちゃんと歪んでいるか心配になってきてしまいました（笑）。

完璧に強くてカッコよく歪んでいる（？）ヒーローにも憧れるのですが、どうしても弱い部分があってヒロインに依存しているタイプを書いてしまいます。

女性は心の中に逃げられる部分をいつでも用意できているような気がして、その分精神的に男性よりもタフなのではないかという考えがどこかにあります。追い詰められたときに、男性の方がポッキリ折れてしまうというか。もちろん個人差の方が大きく性差は偏見でしかないのですが、要するに私は精神的に脆い男を書いてしまいがちなのかもしれません。だってその方が可愛いじゃないですか！

というわけで担当さんの感想通り、やっぱり可愛いヒーローが好みみたいです。読者の皆様がこのヒーローを可愛いと思えるかどうかはまた別なのですが……。

ところで最後の乙女系小説を出してから一年以上経っているので、今更ながらお久しぶりです。乙女の現代物も久しぶりでしたので、とても新鮮でした。とは言っても時代錯誤な家の話なので現代味は薄いかもしれません。今作のヒーローは着物もスーツも着るので、Ｃｉｅｌ先生の挿絵がとても楽しみです！

最後に、この本を読んでくださった皆様、前作に引き続き、美しく色気のある艶麗な挿絵を描いてくださるＣｉｅｌ先生、いつも熱意ほとばしるお仕事をしてくださる担当のＹ様、本当にありがとうございます。

またのご縁があることを願っております。

この本を読んでのご意見・ご感想をお待ちしております。

◆ あて先 ◆
〒101-0051
東京都千代田区神田神保町2-4-7 久月神田ビル
㈱イースト・プレス　ソーニャ文庫編集部
丸木文華先生／ Ciel先生

蜘蛛の見る夢

2016年10月9日　第1刷発行

著　　者　丸木文華
イラスト　Ciel
装　　丁　imagejack.inc
D T P　松井和彌
編集・発行人　安本千恵子
発 行 所　株式会社イースト・プレス
〒101-0051
東京都千代田区神田神保町2-4-7 久月神田ビル
TEL 03-5213-4700　　FAX 03-5213-4701
印 刷 所　中央精版印刷株式会社

ISBN 978-4-7816-9586-0
定価はカバーに表示してあります。

Sonya ソーニャ文庫の本

『王太子の情火（じょうか）』　奥山鏡

イラスト　緒花

Sonya ソーニャ文庫の本

『背徳の恋鎖(れんさ)』 葉月エリカ

イラスト アオイ冬子

Sonya ソーニャ文庫の本

『致死量の恋情』 春日部こみと

イラスト 旭炬

Sonya ソーニャ文庫の本

『**鬼の戀**』 丸木文華

イラスト Ciel